马国兴　王彦艳　主编

风铃鸟系列美文读物

一杯没有思想的水

文心出版社
·郑州·

图书在版编目(CIP)数据

一杯没有思想的水 / 马国兴,王彦艳主编. —郑州：文心出版社,2016.5(2016.6重印)
ISBN 978-7-5510-0864-8

Ⅰ.①一… Ⅱ.①马… ②王… Ⅲ.①小小说-小说集-中国-当代 Ⅳ.①I247.8

中国版本图书馆 CIP 数据核字(2016)第 055180 号

出版社:文心出版社
（地址:郑州市经五路 66 号　　邮政编码:450002)
发行单位:全国新华书店
承印单位:河北鹏润印刷有限公司
开本:700 毫米×960 毫米　　1/16
印张:12
字数:150 千字
版次:2016 年 5 月第 1 版　　印次:2016 年 6 月第 2 次印刷

书号:ISBN 978-7-5510-0864-8　　定价:30.00 元

目录 Contents

朋友,你在哪里 / 刘建超 001

只要朋友快乐着 / 刘建超 004

谁让我们是朋友啊 / 刘建超 008

九月的笛声 / 王往 011

鸡啼声声里 / 王往 014

拉弯的天空 / 王往 017

一杯没有思想的水 / 冷清秋 020

暮鼓 / 冷清秋 022

追忆 / 冷清秋 025

人猴恩怨 / 张爱国 028

与野猪相遇 / 张爱国 031

天鹅优雅 / 张爱国 034

父亲的晚餐 / 杨柳芳 037

别有洞天 / 杨柳芳 040

遇见未知的自己 / 杨柳芳 043

美德 / 云弓 046

拯救 / 云弓 048

痛苦之源 / 云弓 051

麦客 / 李德霞 053

娘的善心 / 李德霞 056

乡村二月 / 李德霞 058

谢小迟的春秋故事 / 王秋声 061

你一定记得时光的声音 / 王秋声 065

纸风车 / 王秋声 069

画价 / 王镜宾 073

绝学 / 王镜宾 077

天眼 / 王镜宾 081

禁枪 / 李代金 085

母亲的"电影" / 李代金 088

父亲的推荐信 / 李代金 091

无法寄出的信 / 王金平 093

一地鸡毛 / 王金平 096

忠言 / 王金平 100

孤女认母记 / 李抗生 104

绣娘和男人 / 李抗生 107

板栗大战 / 李抗生 110

半个鸡蛋 / 衣袂 113

观音豆腐 / 衣袂 116

养柿子 / 衣袂 119

怀念一颗西瓜 / 朱占强 122

身后的狼 / 朱占强 125

长发飘飘 / 朱占强 129

根深叶茂 / 李蓬 132

越俎代庖 / 李蓬 135

旁敲侧击／李蓬 138

房间／袁琼琼 141

看不见／袁琼琼 143

梳妆／袁琼琼 146

红狐狸／王彦双 148

玩鸟／王彦双 151

走眼／王彦双 154

张章李理／左明戈 157

飘落的梦／左明戈 160

免费手机免费打／左明戈 163

我的大学／孙楚 165

风的旨意／孙楚 168

赞美一棵树／孙楚 171

买给母亲的风扇／宋炳成 174

飞得更高／宋炳成 176

没有天哪有地／宋炳成 180

雪夜中的小木屋／曾明伟 183

朋友,你在哪里

○刘建超

贾兴一听到我的名字,就如一辆笨重的坦克向我扑来。

"老刘啊,你好啊,久闻大名,心仪已久,一见如故啊,老朋友。"

我被他粗壮的双臂箍得紧紧的,他那生猛海鲜般的胡茬子脸还贴在了我的腮帮子上。四十好几了,我还从没有跟个大老爷们儿如此亲密过,浑身不得劲,从后背到屁股根儿都觉得发麻出鸡皮疙瘩。

贾兴对招呼签到的人说:"把我们俩安排到一屋,我们痛痛快快聊聊。"

贾兴长得五大三粗,整个一个圆。走路时先要摆两下手臂,否则就发动不起来。这副模样实在是和文字联系不到一块,偏偏他也写小说。有几次,我和他的小说发在同一期杂志上。这次应邀来参加笔会也是因为我俩又在《烂漫》杂志上同时发表了中篇小说。

三天的笔会,我几乎被贾兴给承包了。我去跟一位从前笔会上认识的关系有点暧昧的女友约会,他也跟着,弄得我连想搞点小资情调的机会都没有。在会上,贾兴逢人就说:"我和老刘是老朋友了,连我老婆和儿子都知道他,我们俩的作品常在一起发,缘分啊。"

笔会结束后,贾兴意犹未尽,跟着我又到了洛阳。我陪他游了龙门、白马寺,吃了洛阳水席、浆面条。分别时,他眼圈发红,说我够朋友。他那胡茬子脸就又让我起了回鸡皮疙瘩，真受不了。贾兴说："朋友，有机会到我那里去啊，我请你品尝大龙虾，还有海鲜一样鲜美的漂亮妹妹。我知道，这次开会我耽误你会情人了，哈哈哈。"火车开动了，他还探出头可着嗓门儿喊："你一定来啊，不然我可跟你急！"

其实，笔会上热热闹闹嘻嘻哈哈，过后新鲜劲儿也就风吹云般消散，谁也不会把几天笔会上承诺的事太当真。贾兴可不这样，每个月都要给我打一次电话，正经不正经地东拉西扯一番，挂线时总要强调一句："朋友，有机会来玩啊。"我也打着哈哈说，一定一定。

事有凑巧，半年之后，单位还真把我派到贾兴所在的城市办事。公事很快就办利索，剩下的时间就是游山玩水。原本不打算跟贾兴联系，自己转转省事还自在。可是来了一趟滨海，如果不同贾兴见一见，日后他知道了肯定会不高兴。我便拨通了贾兴的手机，电话里传出贾兴咋咋呼呼的声音："喂，朋友，你想起给我打电话了，泡情人泡腻了吧？最近可没见你发表什么东西啊。喂，朋友，你在哪儿？"

我说："远在天边，近在眼前啊。"

"什么什么？你来滨海市了？"

我说："是呀，来品尝你的大龙虾和海鲜妹妹啊。"

电话里的贾兴迟疑了一下："咳，朋友，太不巧了，我刚好出差在外地。你在滨海能待几天？"

我说："两天，星期二就得回去，票都订好了。"

贾兴嗓门儿又高了："不行，朋友！你等到星期三，我星期三无论如何赶回去，咱哥儿俩得喝一杯。"

我说："你别管我了，忙活你自己的事吧，有机会我再来。"

我又给滨海报社的一位朋友打电话，这位朋友听我说贾兴出差了，说："不可能啊，上午还见他来报社送过稿子呢。"

我有了些别扭。

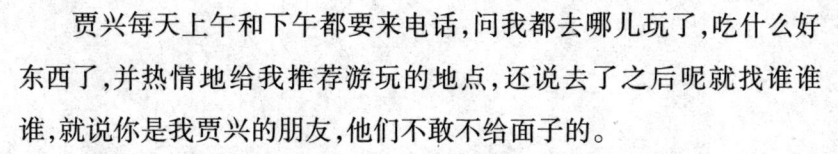

贾兴每天上午和下午都要来电话,问我都去哪儿玩了,吃什么好东西了,并热情地给我推荐游玩的地点,还说去了之后呢就找谁谁谁,就说你是我贾兴的朋友,他们不敢不给面子的。

星期二上午,我正躺在宾馆房间的床上看新闻。

贾兴又来电话:"喂,朋友,你在哪儿?"

我忽然就坏坏地说:"贾兴啊,我已经在回洛阳的火车上了。"

电话里的贾兴急了:"喂,老刘,你不够意思嘛,说好了你等到星期三啊,我就怕你着急,事没办完就提前赶回来了,刚刚下飞机,正在回城的路上。中午的饭我都订好了,海天大酒楼噢。老板是我哥们儿,专程给搞的新鲜的龙虾啊,你这不是害我嘛。"

我说:"哈哈,我和你开玩笑呢。没见你,我怎么能走啊。我就在迎宾馆328房间等你呢。"

电话里的贾兴声调又低了:"啊?啊,那好那好。一个小时之后,我们不见不散啊。"

我忽然觉得自己挺没意思,干吗啊,两人一见面反而会失去更多的东西。

我打了车直接去了车站。

北上的列车缓缓启动了,我的手机又响了。

贾兴真的急了:"喂,我就在迎宾馆门口。朋友,你在哪儿?"

只要朋友快乐着

○刘建超

电话是在午夜响起的。虽然已经把铃声调制得很温柔,但是万籁俱寂的夜半,还是把人激出一身的鸡皮疙瘩。

妻子迅速地抓起电话,睡眼惺忪地问:"谁,怎么了?"

妻子的父母住在县城,身体不好,母亲心脏病,刚刚住了院。只要是家里来了电话,妻子都会条件反射般紧张。

是贾兴。这个贾兴挺有意思的,我们只是在一次笔会上有一面之缘,他却黏缠得跟相识多久的老朋友一般。

"朋友,你在哪里?"

"老贾啊,半夜三更的你说我能在哪儿?在自家床上睡觉呗。"

"老刘哇,你搂着娇妻做蝴蝶鸳鸯梦,你朋友我却是流浪街头有家不能回啊,有点同情心好不好啊?"

贾兴有麻烦了。贾兴五大三粗的,却很有女人缘,身边总是不乏美女。用贾兴的话说,哪个才子不风流?你说说中国的李白唐伯虎,外国的大仲马巴尔扎克普希金,哪个不是风花雪月左拥右抱?女人,只有女人才是促进男人才华发展的真正动力。这些话都是贾兴在酒桌上喝高了时说的。贾兴经常在脸红脖子粗的激情时刻,喷着唾沫星子,拍着胸脯说:"朋友,啥时候到我那儿去,好酒美女任你挑。"

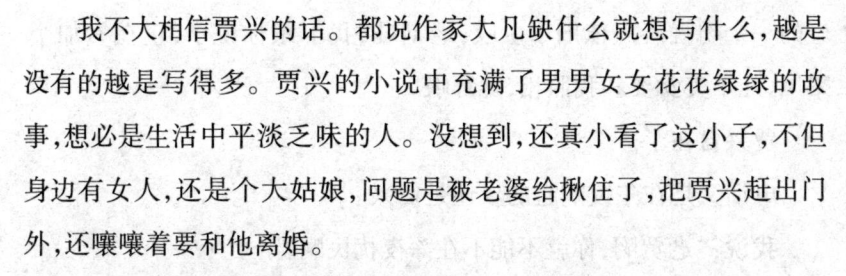

我不大相信贾兴的话。都说作家大凡缺什么就想写什么,越是没有的越是写得多。贾兴的小说中充满了男男女女花花绿绿的故事,想必是生活中平淡乏味的人。没想到,还真小看了这小子,不但身边有女人,还是个大姑娘,问题是被老婆给揪住了,把贾兴赶出门外,还嚷嚷着要和他离婚。

"老刘哇,我也是一时鬼迷心窍啊。在文学讲座班上,这个小姑娘好崇拜我,大师大师地叫我哦。小姑娘白里透红,长发披肩,亭亭玉立。她经常找我辅导。那晚下大雨,小姑娘就留在屋里没有走。老刘哇,开始我也是坐怀不乱,可是最终抵挡不住诱惑啊。老刘哇,我现在流落街头,你给我出出主意,只有你是我最信任的朋友啊,伸出手来拉兄弟一把。"

我只得帮着贾兴分析,攘外先安内。咬人的狗不叫,媳妇嚷嚷着和你离婚,其实只是吓唬吓唬你。你要做的是先安顿好媳妇,不要闹到单位。媳妇安抚了,小姑娘也好说了,无非是贪慕虚荣,帮她发几篇稿子,她也就成青年作家了,有了名气,她就不会再缠你了。

"是啊,是啊。老刘哇,问题是怎么安抚我老婆啊。"

"买礼物!服装、化妆品、首饰,不停地买,一直买到她心疼了就好了。跟你说,别不舍得花钱,只要是钱能解决的问题,都不是问题,用钱解决不了的问题才是真麻烦。"

挂了电话,我也睡意全无。望着熟睡中的妻子,想,如果这事发生在我身上怎么办?

贾兴没再来电话。闲来无事,一个月后我问贾兴事情进展得怎么样了。

贾兴非常兴奋:"老刘哇,哈哈,全解决了。就按你的主意,很管用啊。帮助小姑娘在副刊发了几篇文章,人家就有粉丝了,主动疏远我了。老婆看着我买回的一大堆东西,骂我败家子,不想过了?我轻

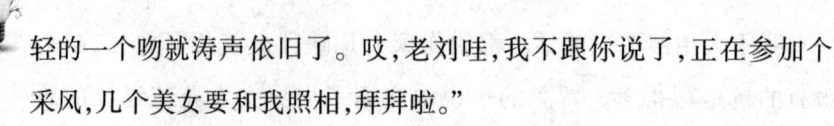

轻的一个吻就涛声依旧了。哎,老刘哇,我不跟你说了,正在参加个采风,几个美女要和我照相,拜拜啦。"

贾兴自在了。

电话又是在午夜响起的。还是贾兴。

我说:"老贾啊,你就不能不在深夜扰民啊?"

"老刘哇,咱们是不是朋友?我把你当成最铁的哥们儿,你把不把我当朋友?"

"那还用说,咱俩是朋友。"

"那你说,什么样的朋友才是真正的朋友?"

"老贾,你不会三更半夜和我讨论朋友的问题吧?"

"老刘哇,什么是真正的朋友?真正的朋友就是他可以半夜三更敲门跟你借钱,而你又根本不问原因就把钱借给他。这就是真朋友。你说是不是?"

嗯,有些道理。

"老刘哇,我就是半夜敲门借钱的朋友啊。给儿子买了套房子,准备结婚用。托了人,比市场价每平方米低八百块啊。明天一大早就要交首付,我是举其所能,东借西凑,还差五万元没着落啊。情急之中就想起了老朋友你。帮我救救急啊,我把卡号给你,你用网上银行给我打过来。用不了多长时间我就还给你。老刘哇,有朋友真好啊。你记下卡号,我这边等着你啊……"

款打过去三个多月了,贾兴那边也没有了消息。

我电话过去,老贾啊,房子的事情办理得咋样了?

"老刘哇,哈哈,办好了。装修方案都做好了,要欧式豪华装修。老刘哇,我带着老婆孩子还有他的女朋友在度假村玩呢,马上就要去漂流了,不跟你说了啊,拜拜。"

妻子问我:"你那朋友贾兴这段时间也没有啥消息啊?"

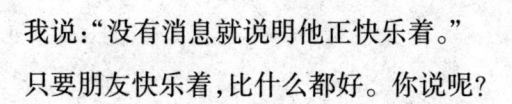

我说:"没有消息就说明他正快乐着。"
只要朋友快乐着,比什么都好。你说呢?

谁让我们是朋友啊

○刘建超

我写的小说《朋友,你在哪里》,上了小说学会的年度排行榜,我就觉得我和贾兴的交情到此为止了。想想也是,把朋友之间的事抖搂出来赚银子捞名利,也确实有些不仗义。没有想到,我接到的第一个祝贺电话竟然是贾兴打来的。他的嗓门儿震得电话发抖,离着两米远都能听到他的声音:"老刘啊,恭喜你上榜啊。我很荣幸成为你文中的典型人物啊。我真的有那么虚伪吗?"我有些措手不及,想解释又找不出合适的理由:"老贾,其实我只是……"贾兴打断我的话:"行了,哥们儿。我不在意,哈哈,谁让我们是朋友啊。"

我为一家杂志社划拉个中篇小说,交稿的日期快到,可我只开了个头就磕绊住了。心情烦闷,到网上去溜达,和一个叫阿飘的Q上了。阿飘传来了她的玉照,妩媚骄人。我决定去会会阿飘,她还和贾兴在一个城市。动身之前,我还是先给贾兴打了个电话,免得日后再落下啥话柄,贾兴如果还躲着,那就正好,反正我也不是冲着他去的。贾兴显得异常兴奋:"好啊好啊,老刘啊,还是信得过哥们儿嘛。我到车站接你,不见不散。"

我在车上设计了好几套和阿飘相会的方案,甚至设计好了台词,还有更隐秘的细节。出了车站,就听到贾兴的大嗓门儿,紧随着就是他胡子拉碴的脸贴在我的面颊上。"走走走,住处我都给你安排好了。"上了一辆面的,左拐右转地到了一家门面简陋的招待所。"我转了一下午,就这家价格便宜。"我想告诉贾兴,我也是假公济私,这趟差是可以报销的。贾兴说:"其实出来玩关键是玩得痛快,眼睛一闭睡哪儿都一样。你在屋里迷糊一下。六点钟我们准时吃饭。"说完,贾兴的体积就从屋里消失了,房间立时显得宽敞了不少。

六点整,听到了贾兴的大嗓门儿:"老刘啊,我在楼下等你,吃海鲜去。"

大排档靠近海边。贾兴还带了一位女朋友,长得粗黑威猛,像是练柔道的。贾兴介绍说:"她叫阿娇,是你的崇拜者啊。"又附在我的耳边小声说,"我的红颜知己。"阿娇的一双厚手攥得我直咧嘴。菜还没上,贾兴就自饮了三杯酒:"这是我自罚的——上次没有亲自接待。"贾兴又倒满三杯,"老刘,这三杯,你该不该喝?"有啥说的,我更该罚。喝!贾兴对阿娇说:"你崇拜的大作家就在你面前了,机不可失啊。"阿娇也和贾兴一样,自己先干了三杯,然后给我满上三杯。我说我确实不胜酒力,能不能少喝点儿。阿娇不愿意:"刘老师是看不起我了。我可是看着你的小说长大的,老师不喝,我喝!"阿娇把三杯酒又端着喝尽。逼上梁山了,我也只得喝下三杯酒。记不得后面的事了,好像上了一条什么鱼,我就醉得意识模糊,怎么回到旅馆的都不知道。

第二天,贾兴把我从床上拉起来,我的头还一跳一跳地疼。我还惦记着和阿飘的约会,就对贾兴说:"你也挺忙的,今天我就自己转转。"贾兴呼扇着大手:"不行不行,项目我都安排好了。我和阿娇是陪吃陪玩陪游,三陪到底了。"不由分说,贾兴就把我塞进了面包车。

我借着去洗手间的机会给阿飘发了个短信,告诉她我已经到了她的身边,只是被朋友热情劫持,正无可奈何地转景点。抽出机会我就去看她。贾兴把时间安排得很紧凑,景点一个接着一个,好像今天不看明天就会消失。为了赶点,我们午饭也简单,面包火腿矿泉水。从景点出来,我们都感到累了,坐在石凳上闲扯。贾兴看看表,说:"老刘啊,看得怎么样?我这儿的名胜古迹我可是都带你看了一遍。"我说:"累是累点儿,可玩得很高兴。老贾,辛苦你了。"贾兴仰着脖子往嘴里灌矿泉水:"说什么哪,谁让我们是朋友啊。老刘啊,你来的时间短了点儿,要是多待几天,我带你到郊区看几个景点。"我看着贾兴,没有明白贾兴话的意思——我并没有准备离开啊。

贾兴拍拍手,提起我的手包,说:"从这儿到洛阳就一趟车,旅游季节票不好买。还是阿娇在车站的朋友帮忙才买到的票,四点二十发车,还有二十分钟。我们走吧,去车站。"

我被稀里糊涂送到了车站。贾兴递给我一袋水果,说:"老刘啊,谢谢你来看我。我就不送你了。"

"老贾,你太热情了,让我有些受不了。其实我还想再……"

贾兴把我推上了车:"快回去陪嫂子吧。有机会再来啊,来了一定和我联系。谁让咱们是朋友啊。"

北上的列车缓缓启动了。

九月的笛声

○王往

　　昨天一天,阿昆来回走了七八十里山路,天黑透了才回来。阿昆是去城里卖菠萝了。这是他们家卖最后一趟菠萝了。阿昆回来后,笑眯眯的,卸下背篓坐到油灯前就点钱。其实,阿昆在城里就点清了,他是要让婆娘高兴一下呢。阿昆的大拇指蘸一口唾沫数一张票子,数完了,婆娘伸手要接过来,阿昆往后一缩:别动,我还没数清。婆娘脸一冷:我数数会少啦?阿昆一手攥着钱,一手又到怀里掏出一把硬币:你让我过一下总数。婆娘很眼馋地看着阿昆把一枚枚硬币放成十个一摞,一共是四摞,其中一摞才九角钱,数了一遍,还是九角。阿昆说:也不错了,一共是七十八块九角,你再数数?婆娘边数边说:这下好了,光笑、岩尼、劳班的学费都够了。阿昆提过烟筒,点了支烟,吸了口,笑笑。婆娘猛然想起来说:你快吃饭去。阿昆说:先给我泡点儿大叶茶。我问你,还有没有菠萝了?婆娘说:你也是会嚼白,不是你跟我一起砍的,没有了你不晓得?阿昆笑笑:我想,要还有一背篓就好了。婆娘说:别说菠萝了,猪也让你卖了,牛也让你卖了,要不,你把我也卖了?阿昆说:你不晓得,我想买台收录机呢。什么收录机?婆娘问。阿昆就把收录机怎么怎么好玩说了。婆娘说:好是好,但钱不够啊!你不是说最差的要六十块嘛,咱四个班级四十二个学生要花很多钱呢。

鸡叫二遍了。山里人是最爱听鸡叫的,它是寂寞长夜里欢快的节奏,它给辛酸的日子唤来每一个充满希望的黎明,它提醒每一位山民不要忘了裹在蕉风椰雨中的小屋是世界的一部分。鸡鸣声打断了阿昆的鼾声。他坐了起来,伸脚碰碰婆娘:哎,我还是想进城去。婆娘没睡着,只是有些迷糊,以为阿昆又说梦话了,也伸脚碰他,却只碰到他的脚。哎,我今天想上城呢。阿昆又说。又上城,整哪样?这下阿昆不说话了。婆娘也坐了起来:你可不能买那机子。不买,不买,我又不是不晓得钱不够,我还能拿四十二个娃娃读书的事瞎整?那你去整哪样?婆娘又问。阿昆又不做声了,摸到床头的烟筒,装了烟,咕噜咕噜吸起来。好久,阿昆才说:我去买根笛子。你买笛子做什么?婆娘问。阿昆笑笑:你脑子笨,我不想跟你多说,你起来做饭吧,我吃了,赶早走,来回七八十里路呢。

婆娘晓得阿昆不会做荒唐事,可有些事他也不想和她多说,在这一点上婆娘老是觉得委屈:阿昆你一个人把朵把寨小学撑起来了,这没错,可我跟着你也没少吃苦嘛,两口子有什么不能说?这样想着婆娘还是起床做饭去了。

阿昆吃了饭,婆娘又摘了两片芭蕉叶,包了一大团饭,放进了一把辣子、一把酸菜,用茅草扎了,让阿昆提着上路了。

婆娘在门口目送了阿昆好远,刚转身要进门就听见山梁上传来了沙哑的歌声,婆娘这才想起,昨夜阿昆梦中唱的也是这首歌。婆娘倚着门,看着山尖上惨白的月牙山,泪水慢慢淌下来。阿昆唱的是:起来,不愿做奴隶的人们……

开学了。九月一日的早晨,朵把寨小学一个年级四十二个学生和学校唯一的一位老师——阿昆老师,还有阿昆老师的婆娘站在操场上。四十四双眼睛看着操场一角的旗杆。那旗杆原是两根杉木接

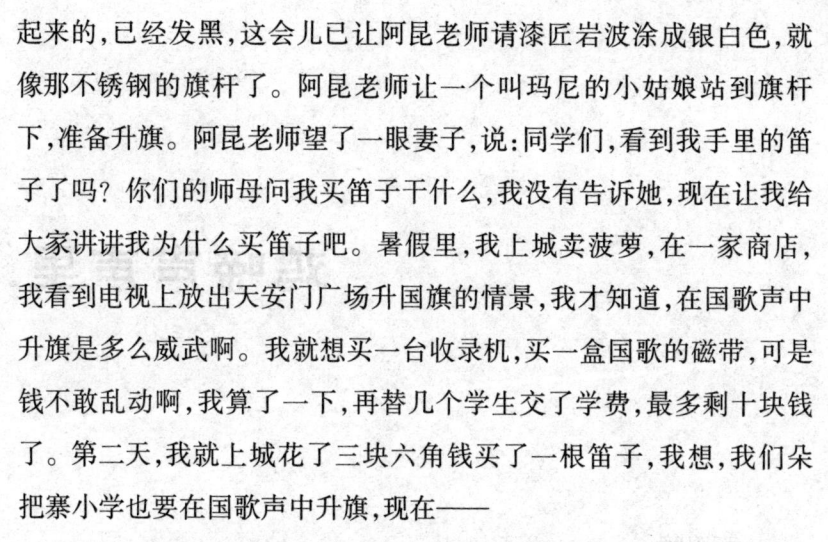

起来的,已经发黑,这会儿已让阿昆老师请漆匠岩波涂成银白色,就像那不锈钢的旗杆了。阿昆老师让一个叫玛尼的小姑娘站到旗杆下,准备升旗。阿昆老师望了一眼妻子,说:同学们,看到我手里的笛子了吗?你们的师母问我买笛子干什么,我没有告诉她,现在让我给大家讲讲我为什么买笛子吧。暑假里,我上城卖菠萝,在一家商店,我看到电视上放出天安门广场升国旗的情景,我才知道,在国歌声中升旗是多么威武啊。我就想买一台收录机,买一盒国歌的磁带,可是钱不敢乱动啊,我算了一下,再替几个学生交了学费,最多剩十块钱了。第二天,我就上城花了三块六角钱买了一根笛子,我想,我们朵把寨小学也要在国歌声中升旗,现在——

　　阿昆老师朝着旗手玛尼一挥手,接着横笛在唇:起来,不愿做奴隶的人们……

　　国旗在风中招展,歌声带着旗帜的庄严,带着目光的憧憬,踏上了苍鹰的双翅,飞越竹林,飞越山峦……

鸡啼声声里

○王往

一声鸡啼。

众星后退。村庄从露珠上升起。

卧室的门帘撩起。母亲起床了。

吱呀一声,堂屋的门开了。月光把银杏的枝条递进了门槛,在屋心铺上图案。

母亲走到屋外。暗红的梳子在发间划动。

小黑狗从门旁的破篾箩里爬出,伸了个懒腰,跑到母亲脚边,围着她转圈。

丝瓜的触须弯弯地探路,像细细的小黄鱼在水草间觅食。葡萄藤上倒挂着蜕了的蝉,尖尖的尾巴连着透亮的壳。

银杏枝头的白头翁打哈欠了,有一些小小的争论,轻轻地推挤,露珠啪嗒啪嗒地掉。

母亲的短发韭菜一样清秀。

母亲进屋,放下梳子。

勺子在缸沿碰出一声响,母亲往锅里添水。一只壁虎迅速地蹿上了屋梁。

灶膛里亮起火光,母亲的脸暖暖的,像正午的红月季。一只蟋蟀蹦到母亲的手臂上，晃了两下触须，又弹了出去。

炊烟拉近了天空与村庄的距离。

米粥的香味飘散开来，仿佛无数花瓣在轻舞飞扬。

母亲提了篮子，走向菜园。

长长的豆荚，像长长的辫子。紫色的花朵像发卡别在豆架。母亲卷起袖子，摘个不停。摘了豆荚，又摘黄瓜，摘茄子，摘西红柿，摘辣椒。红的花，白的花，紫的花，黄的花，簇拥着母亲。一时间，母亲年轻了，成了扑蝶的少女，月光带着她的影子在花丛中游弋。

瓜菜躺在篮子里，让母亲的目光为它们摄影。母亲笑了：这么新鲜，带着露水，是市场上的抢手货。

母亲摘来几片宽大的芋头叶，给瓜菜盖上。小凳子放在一个篮子里，秤放在另一个篮子里。

小黑狗衔着扁担过来了，母亲拍拍它的头：回家时，给你带一包骨头。

母亲挑起担子试了试，青竹扁担吱呀呀地响。母亲又对小黑狗说：好好看门。小黑狗低低地"汪汪"两声，跳进了破簸箩。

母亲挑着担子刚要走，又站住了。

母亲走到儿子的窗前，轻轻敲着窗子：孩子，饭在锅里，早点起来，吃了上学，别迟到了。

没有回应。

鸡啼声响成一片，好像有什么不测的事要发生。月牙颤了一下，隐入了云彩。

母亲放下担子，又开了门，走到了儿子的房间。母亲的手捂到了儿子的脑门儿上……

妈，妈，妈妈……我叫着。没有回应，"妈妈"这个词语焊接了我的唇齿。

想去抓母亲的手,却怎么也动弹不了。

醒来时,再听,那鸡啼声,原来是从农贸市场传来——我在广州,在异乡的床上;母亲在江苏,三千公里以外的乡村。

月光早已越过了窗口,碾过黑暗中的旧照片。

打开灯。

床头的茶几上有一盒感冒药。

拉弯的天空

○王往

腊月二十八,我赶到了老家。

我一路笑着,和村人打招呼。一个回到老家的人,笑容是对母亲最好的慰藉。

一进门,我就问妻子,妈呢？妻子说,在小菜园里呢,是挖地去了吧。

我当即去了小菜园。孩子拉着我的手,吃着香蕉,一蹦一跳。

母亲是在挖地,在那只有几张桌子大的小菜园里。那是我们家唯一的土地了,自从到了城里,我就把地退了,这事一晃已过去了七八年。

到了小菜园,那土上有一层细雪。母亲的头发全白了,不是那种养尊处优的银发,是枯发,灰白,像枯草间萎缩的叶子。想不到,这些年,不种田了,母亲反而衰老得厉害。

我说,妈,我回来了。母亲停下来。母亲笑笑,回来啦。母亲的脸色是灰黄的、干涩的。以前,不是这样,母亲一顿能吃两碗米饭,脸色红润,如枫叶。我说,妈,不挖了,回去吧。母亲说,挖一下,把土翻过来,冻酥了,春天虫子就少了,到时种些豆角,种点青菜,就这点地啦。我接过铁锹说,妈,我来挖。母亲说,算了吧,回去,这点地留着,

我明天挖。

母亲扶着锹柄,目光投向了村外那些大片的农田。母亲小声说,你听没听说,现在种田不用缴农业税了。

我说,听说了,报纸天天看呢。

母亲说,开始我不信,后来听人说了,我就去看电视,真有这事,我几夜都没睡好。

我知道母亲又要说种田的事了,就避开她的目光,没敢接话。我每年回家,她都要说我们家没地种了,退了地真可惜。我说,一来,你年纪大了,我们心疼你,不想让你再操心,二来,我们兄弟都工作了,人人给你钱,你想吃什么都买得到,还种什么地呢?母亲说,分田到户那年,我和你爸没日没夜地在田里忙,心想,这下有粮吃了,你们读书也不愁学费了,哪想到你们大了,一进城里就不种田了。不是种田,我和你爸哪能养活你们?我说,你还想我们在家种田啦?你盼我们长大成人,有出息,不就是想我们有个好工作好家庭吗?母亲当然没理由反驳我,只是老重复着一句话:唉,没田种了……

大年初一上午,无风,太阳又艳。我和村里几个小伙子坐在廊檐下闲聊。母亲和妻子在灶屋做饭。快吃午饭了,来了一个讨饭的老妇。老妇往门前一站,放下米袋,笑呵呵地说,小兄弟们帮帮忙。我说,老奶奶,您的儿女呢?老妇说,一个儿子,脑子不好使,女儿出嫁了。我问,老头子呢?老妇又呵呵笑起来,老头子,早死啦。我说,对不起,奶奶,问你伤心事了。我对孩子说,拿一碗米给奶奶,用大碗。孩子跑去厨房了,出来时却抓了一把米。那小手能抓多少米。我对孩子说,叫你用碗,大碗。孩子把米放到老妇米袋,又跑向厨房,出来时,对我说,爸,妈说不让给了。我皱了皱眉:妻子一向是个大方人呀。我有些生气了。我掏出十块钱给了老妇。我说:奶奶,一点心意。老妇接过钱,不停地说,好人啊好人……

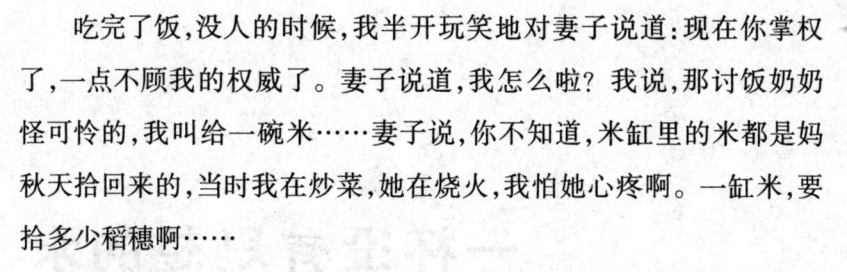

吃完了饭,没人的时候,我半开玩笑地对妻子说道:现在你掌权了,一点不顾我的权威了。妻子说道,我怎么啦?我说,那讨饭奶奶怪可怜的,我叫给一碗米……妻子说,你不知道,米缸里的米都是妈秋天拾回来的,当时我在炒菜,她在烧火,我怕她心疼啊。一缸米,要拾多少稻穗啊……

我说,哦。

我去了厨房,打开米缸,抓了一把米,那米有圆圆的珍珠米,有长长的鼠牙米,有青白相间的"一品香",有尖尖的糯米……是的,是拾的稻穗碾出的米。我的手颤抖了,泪水一点点浮上来。

我看见秋天的田野,看见秋天的母亲。

她弯着腰,从一块田跨到另一块田。

她走到了自家的稻田。她弯下腰,又站起来。她的目光抚摸着每一株稻根。她怎么也不相信,她盼了大半辈子,等来了分田到户,等到了自己的田,她像服侍皇上一样服侍它,它却归了别人。一群麻雀,呼啦啦,像一排密集的子弹落到了田里,在田的另一头不停地啄食。她流下眼泪,她手中握着的不是自己亲手种植的稻谷。她弯下腰,哭出声来,她要土地回应她:这是你自己的土地。

她的腰把秋天的天空拉弯……

一杯没有思想的水

○冷清秋

那杯温热的水,氤氲着袅袅热气在离他身体不远的地方。

他只要稍微抬一下手臂,就可以够着。这样一杯纯净的水,泡茶、调咖啡、冲豆浆都会心甘情愿地被溶解。

他是喜爱这杯水的,从刚才一开始就喜欢。他屏着呼吸凝视着,这样的一杯水啊,如此纯净。他就远远看着,不忍眨巴眼睛。

多好的一杯水啊,在他正需要喝点什么的时候。在这间偌大的房间里,所有的一切都陌生,只有这温暖的一杯水让他倍觉亲近。他将杯子端起,又放下。

怎么忍心喝掉呢,看看也是愉悦呢。

他怀着激动站在窗口。这里的风更大,更冷。但是他必须在这儿待着。我必须让更多的人知道我的存在,他想。

站在窗口的他,低着头,捧着一个红本反复地看。那些内容每天伴随着他的全部。他的下意识都会溜出这些来。梦里曾无数次湿了他的枕头。而他竟然还在背。

他其实想吟出一首诗。但是他没有吟诗,而是用力地跺了跺脚,甩了甩自己的头发。当然,他甩头发的样子很恐怖,他自己不知道,没头发的半边泛着青光和寒气。他总是在甩了头发后,咳咳两声,目

光来回巡视。

很多陌生的走了,又有新的陌生进来。他站在那儿迎来送往。离去的和新来的,他仰视,毕恭毕敬。

他不快乐。怎么能快乐呢。空气冰冷,湿气沉重。生命被拉长,连影子都那么瘦。

揉揉眼睛,前方依然是雾蒙蒙的一片。眼睛干涩已经没有一丁点儿的眼泪了。他清晰地记着自己从来没哭,再悲伤都没哭。至少,手每次的碰触都没有濡湿感。那些眼泪呢?他很懊丧。

寒风继续肆意地撕扯他单薄的衣衫,他感到全身的血液似乎都要凝固。这种情况下的一杯水无疑是最珍贵的。他拖着虚脱的身体返回,端起这杯水。

很快,他又放下了。好冷。这杯水比他还冷。一杯失去温度的水。

怎么可以这么冰冷呢?那些热情呢?他凝视着这杯冰冷的水,伸出手去,想帮助这杯水恢复以前的温度。一只手以飞翔的姿态冲进来,拿走了那杯水。

他半张着嘴愣在那儿。他想说,哎,干吗?这是我的水。可是,这怎么能算是他的水呢?他不能证明,水不能证明,就连那杯子也没办法证明。

那杯水要是会说话就好了,他想。

可是,那杯水因为太纯净,已经想不起自己的以前,也不知道自己的以后。

啷啷啷!桌子被一敲再敲。

想够了吧?开始交代!姓名?

姓……名……

暮 鼓

○冷清秋

方老爷子在南京城突然有了去处。

他在鼓楼附近新认了一门亲戚。此后,逢年过节什么的方老爷子总要拎点东西去看望。其实,也不是单逢年过节,隔三岔五方老爷子常去。

去了,无非也就是熟人见面时常说的那几句老话。说完,就没话了,俩老头都靠在那个旧沙发上晒太阳。有时,方老爷子去了,亲戚正在忙着。方老爷子就自己靠在沙发上,看天,看云,看飞过的鸟,看树上落下的叶子;或者干脆弹弹衣襟上的灰,站起来跺跺鞋上的尘。

对了,忘告诉你了。方老爷子这门亲戚可不是个吃闲饭的。虽说年纪有七十多岁了,但眼不花耳不聋,不但会剃头刮脸掏耳朵,还会在生意不忙时,撸起袖子,虎虎生风地打一套小洪拳。但最最吸引方老爷子的却是他会吼那种叫人听了连肠子都打战的秦腔。

当初,方老爷子就是被这一嗓子给拽了去,再也挪不开脚步。

原本那天被儿子载去听戏,经过鼓楼附近时,遥遥传来一嗓子,如老汉哭坟般凄凉婉转,方老爷子一下子坐直了身子不瞌睡了。待第二嗓子透来时,方老爷子说,掉头,掉头,赶紧的!人和人之间向来讲一个缘,也讲究一个巧。那天,这机缘巧合就撞在了一起。

方老爷子那天坐在理发棚的破沙发上看人家边忙活边唱曲儿。

掌灯时分才想起走。人站起来，却又扭回头，一脸羞涩地说我喊你声老哥吧。说完就真的叫了一声老哥哥。紧接着，老陕话羞羞答答就出来了，其实额叫你老哥你也不亏啊，眼看你是要长额几岁的嘛。多了额这个老弟，虽说帮不上甚忙，但是逢雨天黄昏过来谝谝还是可以滴。看对方并不多言语，方老爷子就挥挥手说，不管你认不认，这门亲戚额今儿算是认了。今儿算是摸个门，以后咱常来往哈。

第二次来的早上，方老爷子踏进来，将手提袋朝破沙发上一扔说，看看额给你带啥了。亲戚瞥一眼却不悦。慢腾腾地说，弄这叫啥嘛，来就来吧，礼节还怪大。话虽这么说，后来端起桌上那个紫砂壶还是吱溜溜下去多半壶。

亲戚忙时，方老爷子就和来理发的那帮工人们唠叨，也不管听不听得懂，爱不爱听。反正只看一支支递过去的烟被对方接了，就拉开了话匣子。方老爷子常常感叹，说，难得我这把老骨头老了老了，还能有这福气。免费理发不说，还能听到乡音听到戏哩。再来，看亲戚在数零碎钞票，方老爷子就打趣，老哥你干脆费费事，收下额这个徒弟如何？

有时，方老爷子干脆半下午过来，来时揣上自己常喝的烧酒，路上在熟食店包上几样卤味。俩人能从下午直喝到月挂树梢。有时，亲戚也搓着手挽留，说要不……就歇这儿吧？方老爷子却说，你再来个信天游，我踩着你的曲曲儿走。

就这样，一次次地，听着来，听着去。方老爷子以为可以一辈子。

可有段方老爷子感冒了，等稍好就颠颠跑来时，发现工棚不见了，简易的理发棚也不见了。颤颤着仰起头，才发现高楼已经建成了，正在清理周边环境。方老爷子急得见人就拽，很费劲地描述，却没一个人晓得。

抬头看看那鼓楼还在，暮色渐隐下如燃烧后的炭透着暗光。方老爷子突然很想爬上鼓楼去看看。这想法一出来他就真的站在了鼓楼上。

爬上去，方老爷子发现世界被分为了两层。街道上喧闹嘈杂，人潮汹涌，车水马龙，霓虹闪烁。仰头，漆样的黑正汹涌而至将一切淹没。

追 忆

○冷清秋

在官庄小学当代课老师那年,青平已经十七岁了。

过罢年后,二年级的一个语文教师随自己的丈夫去县里开店卖服装了,学校一时没找来合适的人替代。校长在那个下午直接找到青平的父亲,说希望赋闲在家的青平能去顶一阵儿。青平父亲听了攥着校长的手使劲摇,看都不看一边青平拉下来的脸。

一杯茶没喝完,青平的父亲直接就给应承了。

校长和青平家是近门,没出五服,青平父亲管校长叫叔,按理青平该叫校长五爷。可青平那时不知哪根筋别了劲儿,觉得去教学是一件很丢人的事情,死活不想去,气得父亲抡起的巴掌差点儿落到他身上。最后,还是母亲泪眼汪汪地劝说,他才极不情愿地点了头。

人是去了,但在学校根本没用心去教。尤其看到那些顽皮的孩子们,一会儿你推我一下,一会儿又我搡你一下,一会儿这个告那个的状,一会儿那个为一块烂橡皮哭了鼻子。刚开始,还有点儿耐心会劝说几句、批评几句什么地管一管他们,久了,烦了,再遇到孩子们打闹时,他干脆就虎着脸直接揪着他们的耳朵或拉着胳膊,拎到教室外面去罚站。青平以为只要自己凶点儿,镇住他们就好了,谁知这招对胆小怕事的同学管用,对于班上的几个调皮捣蛋的男同学来说,不但没起到镇压的作用,反而起了反作用。

有一次,青平刚把他们几个赶出教室准备上课,却发现班上的同学都扭头朝窗口看。原来罚站的男孩竟然趴在窗口探着头吐舌头做鬼脸,这可把青平气坏了,就想出去再教训一番。可谁知青平只顾着朝外走,忘记了讲台的高度,一脚踏空就崴了脚。"哎呀"一声想站起来,却栽坐在了地上。青平试了几下仍是站不起来。那个时刻,青平的脸涨得通红,简直想张嘴骂人了,他根本就忘了自己还是个老师。

教室里静极了,孩子们都默默地看着青平。后来不知谁最先站了出来,接着大家蜂拥而上把青平扶了起来,扶到了板凳上。青平就是在此时发现那个调皮捣蛋的孩子也正在望着自己。他的手黑漆漆的,瘦,脏,袖子上已经染上了一些灰迹。小小的黑手轻轻拽着青平的袖子,看上去就像一节瘦弱的鸡爪子搭在上面。但更令青平动容的是脸上的那双眼睛。黑白分明的眼神,分明流露着怯怯的惊慌和泪影。注意到青平的注意,他的眼神倏忽一下躲闪了过去,但随即又悄悄用余光打量着青平。

青平竟然毫无来由地冲着他微微笑了那么一下。孩子愣了一下,直直地望着青平。

青平就是从那时起,开始喜欢上这些顽皮又纯真的孩子们的。

后来,青平教的班级逐渐成了学校的模范班。

就在青平踌躇满志,准备在学校大干一番奉献自己的青春时,他在深圳电子厂打工的二姐打电话回来了,说她们厂里招人,每月除去吃喝净落近两千没问题。这和青平在学校代课每月领取二百元的代课费简直是天壤之别。青平的父亲二话不说就替青平同意了。

那次青平是突然离开的,连去学校打招呼都没来得及。父亲一味地催促,说一切他会搞定。

父亲果然把所有的事情都搞定了。

青平后来进城打工的事情也顺风顺水的。

青平是在自己的女儿上小学后开始念起那些孩子们的。

青平对自己的妻子说，总觉得欠了他们什么。

但妻子却笑着，点着头，催促着青平去做这做那的。

妻子总是那么理直气壮。她说，好好做吧，我们现在说的每一句话、每一件事，将来都是回忆。我们要多积攒。

是啊。如果，你想回忆更美好的话，那么现在就用心生活。

人猴恩怨

○张爱国

小山村好些年都不见猴子了，年轻人怎么也不相信这里曾是"猴灾区"，所以当第一只猴子出现在村里的时候，年轻人的兴奋自不必说，就连那些曾屡遭"猴祸"的老人也恨不得把家里所有能吃的东西都拿来，招待这些久违的"冤家"。老老少少，一边喂猴戏猴，一边念叨政府近年来"封山育林，退耕还林"的好政策。

然而大家很快发现，他们的好意换来了这些家伙们的肆意：先是三五只地来，后来是成群结队地来；先是清晨和傍晚来，后来是无时无刻不来；先是在村口你给它点吃的它就走，后来是溜进人家里偷吃，吃后就在村里追鸡撵狗。更恼人的是，地里的玉米棒子还没有拇指大，西瓜还没落花，棉花刚结桃，就被它们用作"打仗"的武器给糟蹋了。

清除"猴患"又成了村民们的头等大事。

有人重又提出当年的"投毒法""猴尾点火法"，但立即遭到大家的反对——毕竟是一条条生命而且是人的近亲嘛，把它们赶进山林里，不出来祸害就行了。

这天中午，一场暴雨刚歇，村民们刚埋伏好，浩浩荡荡的猴子大军就来了。村民们又好气又好笑，这些家伙简直把村子当成了自己家,连才出生不久的小猴子都被抱来了。一进村,猴子们就开始肆无忌惮地跳墙翻窗。

村民们突然从四面八方冲出来,高叫着,敲打着脸盆、锣鼓,挥舞着扁担、铁叉。猴子们慌了神儿,想往回逃,路被堵上了,只得往村子另一头跑。刚出村子,沙石路上,冷不防冲出几辆"呜呜呜"连车带人都是大红的摩托车。猴子们哪见过这种玩意和阵势,在泥水地里跌倒了爬起来,爬起来再跌倒,连滚带爬,没命地逃窜……

好不容易,摩托车停下了,面前却横上了一条河。猴子们正想找个渡口,摩托车忽然"呜"一声又冲上来。猴子们立即向对岸慌乱地跳去。还好,河并不宽,几乎都跳了过去,除了一只母猴——这只搂着幼猴的母猴,或许太紧张了,自己跳过去了,幼猴却落进了河里。

母猴一看河里挣扎的幼猴,纵身跳下去。可是,河水太急,母猴扑腾了好一会儿,连幼猴的身也近不了。岸上的猴王一连大叫了好几声,母猴才不得不爬上岸来。

幼猴被卷进了水底,好一会儿才挣扎出水面。猴王喝住又要跳下的母猴,向一只强健的公猴叫一声。公猴应声跳下河。公猴几次就要抓住幼猴了,但湍急的水又将它冲开。

猴王一连命令几只猴子下河,都无功而返。

幼猴停止了挣扎,只偶尔露出水面一下。母猴在岸上凄厉地叫着,要不是几只猴子将它紧紧地抱住,它早已又跳了下去。

"扑通!"猴王跳下了河,几个扑腾后就到了幼猴身边,眼看就要抓住幼猴了,一个浪头打来,俩猴都不见了。岸上的猴子们以为它们都上不来了,凄厉地惨叫着。忽然,猴王搂着幼猴蹿出了水面,奋力将幼猴扔上了岸。又一个浪头打来,猴王再次被卷入水底。

这一切,都被追赶而至的村民看在眼里,他们先前只觉得好玩,但很快就被猴子们的举动给感染了。一个小伙子急忙踢掉鞋子,跳

下了河。

　　河水暴涨，越流越急。

　　猴王又浮出来，却无力挣扎，只随着流水上下翻滚，时隐时现。岸上的猴群，塌了天般地惨叫着。小伙子奋力向猴王扑去，接近了被冲开，冲开了再接近。足足半支烟工夫，小伙子抓住了猴王的一只上臂，奋力将猴王推上岸，自己却被一个浪头卷走。

　　河边的人慌了，将手里的扁担、铁叉纷纷伸向河里，可是小伙子一个也抓不住。人们又相互手拉手向河里蹚去，可才蹚出几步，又被迫撤回。忽然，刚刚吐出一摊浑浊河水的猴王对着猴群一声叫，猴群立即静下来。猴王一把抓住一只成年猴子的手臂，又示意它抓住另一只猴子的手臂。猴子们立即明白过来，一个抓一个，很快抓成了一股"猴绳"。猴王下了河，第二只、第三只……相继下了河。"猴绳"向河中心延伸，向着小伙子延伸……

　　猴王终于和小伙子紧紧地抓在了一起，"猴绳"慢慢向岸边收拢着……小伙子得救了。

　　说也奇怪，此后，猴子们还是经常光顾村子，但都像走亲戚一样，从不做破坏的事。村里的人，更是待它们如座上宾。

与野猪相遇

○张爱国

秋后,阿根到临山村收生猪,出乎意料的是,今年的临山村却连一根猪毛都没有。问原因,村民们说是被野猪给糟蹋了。野猪怎么会糟蹋了家猪?

原来,这些年封山育林效果显著,消失了三四十年的野猪重又回到了山上。野猪一来祸害也就来了:地里的玉米刚灌浆,它们只消一夜就把上百亩的地给扫荡一空。村民们敲锣鼓,点火把,放鞭炮,挖陷井,放狗撵,架高音喇叭,想尽了办法,效果却微乎其微。这两年,村民的收成不及过去的一半,连口粮都紧张了,哪还有闲粮养猪?

阿根要到山上会会这些野猪。村民们劝阻,说野猪异常凶猛,一旦遭遇就危险了。阿根一笑:"放心,我还能怕猪吗?"村民们也笑了,也是,阿根身高一米八,体重一百八十斤,从十六岁开始杀猪卖肉,都二十多年了,身上的杀气能让猪在百米外闻到并吓得浑身发抖。

半山腰上,阿根听到了"哼哼"声,一看,左前方二三十米处的一片山芋地里,一头野猪,全身油黑,少说三百斤,长而尖的嘴像铁犁一样插在山芋垄条里,正"吭哧哧"拱得欢。身后,鲜红的只有拇指大的山芋一个个被翻出来。每拱上一二米,它就停下来,回过头,将山芋一个个咬碎又吐出,根本就不吃。

阿根猛地"嗨"一嗓子,野猪"哼"一声,抬起头,要跑,却又立即停下来,看向阿根。阿根没有贸然追去,抓起一块拳头大的石头砸过去,正中野猪的屁股。野猪又哼叫一声,向山下快步走去。

"笨家伙一定被我身上的气味吓着了。"阿根笑着,跳下田追去。他想,买不到家猪,抓几头野猪岂不更好?

阿根没想到,野猪就在和自己平行的时候,突然一折身冲了过来。阿根想闪开,但迟了,只得往地上一倒,野猪从他的腿上蹿了过去。

不待阿根爬起来,野猪又掉头冲来。阿根就地几个翻滚,站起来,跳到野猪一侧,一把抓住它的尾巴。阿根不由大喜——任何猪,只要被他抓住尾巴就插翅难逃。然而就在他准备用力提起野猪尾巴并踢向它前腿的时候,野猪却突然一个九十度转弯直冲向他的裆下。阿根急忙丢下野猪尾巴,从它的身上跳过。

两次交手,阿根都处于下风,不敢应战了,慌忙向山上跑去。野猪"哼哼"叫着,追上来。

到了山顶,山那边是一片悬崖。

野猪跟上来了。阿根一纵身,满以为野猪会冲上并一头栽下悬崖,不料野猪却稳稳地在悬崖边站住了脚,旋即又掉头冲来。好在不远处有一块餐桌大的大石头,阿根奔过去,绕着石头跑。野猪紧追不舍。

十几圈后,阿根的头开始晕眩了,他知道不能再这样转下去了,必须找到一棵能爬上的树。阿根看见山下不远处有一棵碗口粗的树,适合攀爬,就立即跑过去。可是,不知道是因为太紧张还是体力消耗过多,这棵看起来容易攀爬的树阿根却怎么也爬不上。恐惧中,阿根觉得野猪已经到了脚下,咬住了自己的腿脚,锋利的獠牙插进了自己的肉里……

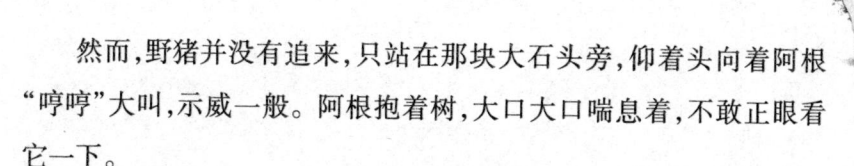

然而,野猪并没有追来,只站在那块大石头旁,仰着头向着阿根"哼哼"大叫,示威一般。阿根抱着树,大口大口喘息着,不敢正眼看它一下。

不知过了多久,野猪连看都不看阿根了,只在山顶上有意无意地拱着土石。阿根转身想悄悄下山,眼前的场景让他懵了:二十米外,一群野猪,少说有二十头,正虎视眈眈地看着自己。阿根明白了,山顶上的野猪其实一直在等待援军,以便前后夹击自己。这些向来给人最蠢笨感觉的畜生,原来竟如此凶残狡诈!

阿根知道自己完了,双腿颤抖,脸色惨白,挪不开脚。

好几分钟过去了,野猪群并没有进攻阿根。阿根的心刚刚有些放松,山顶上的那头野猪却慢慢地走了下来,阿根不由得又紧张起来。意外的是,经过阿根身边时,它似乎什么事也没有发生过,径直走进野猪群。接着,一片"哼唧哼唧"声里,野猪群钻进了树林里。

"野猪为什么会放了我呢?"回到山下,阿根问村民。一位老猎人说:"当你跑向高处或居于高处时,对野猪来说,你是在向它挑战,它当然不屈服。当你跑向低处或居于低处时,它认为你已臣服于它了,它自然不必再进攻你。"见阿根满脸疑惑,老猎人说,"这只是野猪的一个特点:虽然凶猛,却从不进攻不如自己或臣服于自己的对手。"

"可对于那一群野猪来说,我是在高处啊……"阿根仍然心有余悸。

"野猪的第二个特点是,"老猎人认真地说,"除非受到攻击,不然绝不会以多战少!"

一杯没有思想的水

天鹅优雅

○张爱国

一夜无眠。

天蒙蒙亮,我就起了床,穿上厚厚的羽绒服,走出门外。这一夜,阴冷多日的天,终于下了雪。细细的雪粒,落在已是一片白的地上,一踩上,就"沙沙"响。

顺着河岸,我漫无目的地走,头脑里还在思考那个折磨了我几天的问题:阿能的困难,我可以帮,也应该帮。没有他当年的鼎力相助,就没有我今天的一切。但是,一旦将我的钱借给他,他的病还是治不好,我的钱还找谁要去?手机又响了,不用看,又是阿能打来的——这一夜,他打了无数次。我照例不接,我实在不知道对他说什么。

河面竟然结了冰,往日缓缓流淌的水,已是一片寂静的白,连一丝痕迹都没有。我真的希望自己的心也能这样白,白得毫无杂质。

耳里传来"嘎嘎"声,望去,离我十几米的河滩上,一只野鸭,身上已被冰雪裹覆,只有黑色的头颈在艰难摆动。它为什么不上岸?定睛细看,它的两只腿被冻结在冰冻里。我想过去解救它,可一踏上河冰就"咔咔"响——河冰还没冻结到能承受一个人的程度。

我退到一棵树下,呆呆地望着这只可怜的野鸭。我知道,随着雪越来越大和气温越来越低,用不了多久,就会把它冻死。

头顶似乎有什么响动,抬头一看,一群天鹅,伸着长长的脖子,缓缓而优雅地飞来。飞过去了,领头的天鹅却"欧"一声叫,转身飞了回来。一群天鹅也飞了回来。天鹅们在野鸭的上空盘旋着,越飞越低,直至轻轻落下。收起硕大的翅膀,天鹅们"欧欧"叫着,迈着优雅的步子,向野鸭围拢来。

我暗叫不好。我看过赵忠祥的《动物世界》,天鹅和野鸭是一对天生冤家。它们都在江河湖泊边的浅水、滩涂区觅食,也不知道是高贵优雅的天鹅看不起黑不溜秋的野鸭还是野鸭嫉妒天鹅,双方常常发生争执,甚至掐架。尤其是野鸭,从来不讲规矩,没有素质,往往天鹅们正在安静、悠闲地觅食或休息,它们却扑腾腾飞来,"嘎嘎嘎"乱叫,强盗般横冲直闯。"秀才遇到兵,有理说不清。"天鹅遇上野鸭,只能无奈地飞走。否则,一旦掐起架来,天鹅洁白的羽毛可不是野鸭丑陋的褐毛可比的。

现在,天鹅们终于有了雪恨的机会,能放弃吗?

天鹅们围着野鸭,迈着优雅的步子——这优雅的步子,在此时的野鸭眼里,一定恐怖至极。它左右摆动全身唯一可以动弹的头颈,"嘎嘎嘎"大叫,虽然气势吓人,却无法掩盖它内心的恐惧——或许,它也在为自己和同类曾经的欺人太甚而懊悔吧。

不出所料,领头的天鹅突然伸出那坚硬的喙,啄击野鸭的身子,其他天鹅也一哄而上。野鸭先是歇斯底里大叫着,胡乱还击着,可很快就紧缩头颈,一动不动,除了"嘎嘎"惨叫。仇恨真是魔鬼,谁会想到,这群举止优雅的家伙,复起仇来也如此疯狂和丑恶!

我看不下去了,低头想寻找石头或树枝来驱赶这群恃强凌弱的天鹅,却忽然觉得野鸭的叫声不再那么恐惧和凄惨,而是似乎有那么些享受的成分。一看,天鹅们已停止了啄击,野鸭也已扇动翅膀了——敢情,天鹅们刚才并不是在报复野鸭,而是在帮它除冰。

野鸭兴奋地扇动几下翅膀后,就想走,可是腿还在冰冻里,动不了。天鹅们上前,用长脖子想拉它上来,却毫无作用。

雪越下越大,野鸭刚刚的兴奋劲儿没了,重又焦急地叫起来。天鹅们一改优雅的步子,围着野鸭慌乱地叫着,走着。好一会儿,领头的天鹅停下来,用喙狠狠啄击野鸭身下的冰冻。其他天鹅也停下来,围成一圈,啄击冰冻。

冰冻太厚太坚,天鹅们啄了好一会儿,都没有任何松裂的迹象。天鹅们不放弃,不停地啄,越啄越用力,越啄越专注。

领头的天鹅的喙已渗出了血,但只是摆摆头,继续专注地啄击着……

终于,冰冻开了,野鸭出来了。天鹅们这才抬起头,它们的喙上,都布满了淋漓的鲜血。它们的身姿重又优雅起来,翅膀轻轻一展,长脖子缓缓一伸,"欧"一声,飞上了天空。

飞过我头顶时,一滴天鹅血落在我的脸上,我来不及擦去,掏出手机,给阿能打电话。

父亲的晚餐

○杨柳芳

每个周五,父亲总会骑着电车从城北来到城南。

父亲每周都要给他们做一顿晚餐,这顿晚餐像是父亲的一场战斗,这场战斗让父亲变得格外认真。

父亲的晚餐很简单:一个莲藕排骨汤,一碟炒肉,一碟青菜和一条鱼。父亲说,莲藕润肠胃,排骨补钙,炒肉补热量,鱼补蛋白质,青菜补纤维素。这样吃了既胖不了,营养又跟得上。

他们从来不去推翻父亲的话,虽然他们觉得父亲的晚餐做得并不出色,而且千篇一律,但父亲说什么他们就听什么,父亲做什么他们就吃什么。父亲的这场战斗打得有些孤单。

晚餐上的父亲会呷上几口小酒,借着酒劲,他会说一些似重要又不重要的东西。

男人不喝酒,女人也不喝。叮叮在卧室里看《奥特曼》。叮叮的叫嚷声偶尔从卧室里传出,又被不喝酒的男人训斥下去。父亲再次咝着嘴呷下第五口酒时,把原本的话撤掉了,他看看喝着汤的女人,再看看刚训斥完叮叮的男人,说,叮叮看个电视也没招惹你什么呀,你骂他干什么?

男人没有回应父亲的话,男人把头埋进饭碗里很快地扒完了一碗饭。男人说,我吃饱了。然后起身往书房里走,男人挪动椅子的声音惊扰了女人,女人把嘴从汤碗边移开,朝男人嚷,动作不会轻点吗?

父亲的话又继续了,这回听者只有儿媳。父亲说,我年轻时,小强常常嚷着要去钓鱼。你不知道,那会儿哪儿有时间去钓鱼呀?工资是养不了六口人的,只得利用休息时间再去打点零工。1995年那会儿啊,因为一次事故我摔断了五根肋骨……

儿媳咕咚咕咚地喝下了一碗汤,还没等父亲说完,就摆摆手说,爸,天不早了,你要是还回去就早点回吧,不回的话就在我们这儿住下。父亲止了话,一抬手,把杯子里最后一口酒呷了进去。

儿媳给父亲盛了一碗饭,父亲不急着吃,起身朝卧室里看。叮叮吃饭的碗还搁在桌子上,一碗饭才吃了几口。父亲过去要喂他,儿媳急了,一个箭步走过去,把叮叮的碗夺过来说,爸,叮叮五岁了,要让他养成自己吃饭的习惯。

父亲叹口气,点点头说,好,好,好。

父亲的饭碗满满的,父亲一个人在饭桌上慢慢地吃。他的牙齿不行了,嚼一下就停一会儿,再嚼一下再停一会儿,一碗饭吃了很久。父亲吃这碗饭的时间里想起了幼小时的男人,那时的男人也只有五岁的光景,比叮叮淘多了。那时的男人吃饭时没有《奥特曼》看,他就嚷着父亲带他去钓鱼。父亲说,你看看天都黑了,鱼都躲进大海里睡觉去了。小强把嘴一扁,说,爸爸说话不算话,爸爸说今天带我去钓鱼的。父亲说,明儿吧,明儿我早点收工,一定带你去钓鱼。小强不肯,张嘴朝父亲手上咬去。父亲哎哟一声,碗哐当摔烂在地上。父亲一恼,抓起鞋子就挥向他的屁股,小强哭得哇啦乱叫。那次,是父亲第一次打男人。

父亲的饭还剩下最后一口时,男人从书房里走出来,朝饭桌看了一眼,没有说话。父亲就说,小强,喝碗汤吧。男人摇摇头说,不喝了。然后径直往厕所走去。父亲隔着厕所门对男人说,小强,你小时候最喜欢钓鱼了。还记得那次我带你去钓鱼吗?你为了抓一只螃蟹,差点滑进河里……

男人没有回应父亲的话,厕所里传来一次又一次的哗啦声。父亲终于把最后一口饭咽了下去。他看看厕所门,男人还没有出来。父亲就给自己又盛了一碗汤,这是父亲的第二碗汤了。父亲煮的骨头汤男人一碗都没有喝,父亲有些奇怪:男人小时候最喜欢喝骨头汤了。

父亲的汤已经凉了,可是父亲仍不急着喝。待到男人从厕所里出来,父亲就说,小强,这汤不合你口味?男人朝空中挥了一下手,不耐烦地说,爸,你怎么那么啰唆?父亲就住了嘴,抓起碗咕咚几下就把汤喝下了。

父亲要收拾碗筷,儿媳走过来说,爸,我来收拾好了。你要回去的话就早点回,不回的话就住这儿吧。

父亲点点头说,回,回,这儿我住不惯。

父亲拿起沙发上的袋子,披上外套,走向叮叮的卧室,挥挥手说,叮叮,拜拜了。爷爷下次再来。叮叮没有回话,他对着电视里的奥特曼说,好样的。

父亲摇摇头,终于打开门,出去了。

父亲的这场战斗,连个敌人都找不到。一路上父亲很沮丧。

别有洞天

○杨柳芳

幸当当被一声巨响惊醒了,他朝窗口看了看,鱼肚白已经露了出来。晨风微微,鸟声啁啾。他没有起床的意思,侧了身又想继续睡,忽而,妈妈的声音又尖锐地响起,你把这个家当成什么了?一座围城?城里的花不鲜艳了,就到外面找野花?声音停滞了一会儿,又更加强烈地响起来。滚,你滚,滚了,就别回来。

幸当当有些厌烦,把被子往头上一盖,仿佛什么声音都没有了。

妈妈来唤他起床时,幸当当早就已经穿戴整齐了,他站在镜子前看了一下自己的脸,觉得有点儿像父亲,可他的眼睛长得比父亲要好看,妈妈在镜子里出现时,他对妈妈说,妈,今天星期三。

妈妈嗯了一声。

下午我们可以休息半天。

妈妈却说,赶紧了,该迟到了。

幸当当就抓起书包,跟着妈妈出去了。

中午放学时,幸当当没有直接回家,他拉上同桌杨小花去了他家北面的一处小树林里。

小树林里有一座破房子,奇怪的是房子没有门,房顶上的瓦片零零星星地盖在上面,幸当当在房子外走了一圈,然后指着墙上的一个

洞说,你看看里面有什么。

杨小花很听话,她一直把班长幸当当视为自己的偶像,可是最近幸当当的行为有些诡异。比如,前几天,一向不趴桌子的幸当当居然在上课时趴桌子了,而且还发出了轻微的鼾声。再比如,上个星期三,幸当当送了一盒巧克力给她,送给她时,幸当当意味深长地说,杨小花,你爸爸是魔术师吧?

其实在很早之前杨小花就告诉过幸当当,她爸爸是魔术师,她爸爸的魔术表演在市里的春节晚会上还获了奖。

杨小花把眼睛望向洞口时,愣了一会儿,说,什么都没有呀。

幸当当一急,皱着眉头嚷,怎么没有呢?

杨小花把眼睛收回来,愣愣地看着幸当当说,除了泥土和一些杂草外,什么都没有。

幸当当这才笑了,对啊,就是让你看那些泥土和草的。

杨小花就不说话了,一脸的疑惑。

幸当当说,让你爸爸变个魔术吧,在房子里面全种上鲜花。

杨小花呵呵地笑,幸当当,你这话真是太逗了,我爸爸的魔术变不出这个,我爸爸的魔术需要道具,没有道具,他的魔术就变不出来。

说到道具的时候,幸当当眼睛忽而一亮,他仿佛想到了什么,他拉上杨小花去了亭子菜市场,他在那儿买了许多花种子,然后又在杂物间里找到了父亲的梯子,两人便一前一后地把梯子扛进了小树林。

幸当当说,小花,你帮我扶好梯子,我爬上房顶去撒花种。

杨小花有些紧张,拉着幸当当的衣角说,别,当当,太高了,危险呢。

幸当当没有理会杨小花的话,他把梯子往地上一摆,说,扶好了。

幸当当三下两下就爬上了屋顶,他沿着屋顶上的木架子一点点地爬,边爬边往下撒花种,杨小花在下面不断地喊,当当,小心哟。

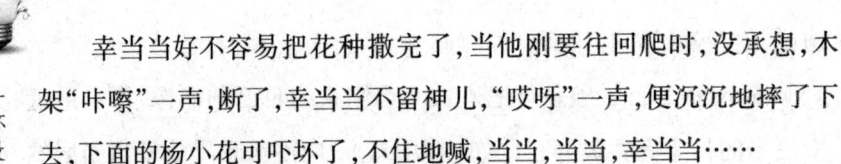

幸当当好不容易把花种撒完了,当他刚要往回爬时,没承想,木架"咔嚓"一声,断了,幸当当不留神儿,"哎呀"一声,便沉沉地摔了下去,下面的杨小花可吓坏了,不住地喊,当当,当当,幸当当……

杨小花朝洞口里看,幸当当已经没有任何反应了。

幸当当一直沉睡了很长时间,医生说,幸当当被摔成了植物人,很可能一辈子起不来了,当然,也可能会有奇迹,或许明年,或许三年,总之,说不定。

杨小花眼里的泪花刷刷地往下淌,杨小花真后悔没让爸爸为幸当当变那个魔术,如果让她爸爸来,幸当当就不会摔下去了。

春天来了,百花齐放,莺歌燕舞,幸当当的爸爸妈妈守在幸当当旁边,看着幸当当平静的脸。当当妈妈说,明天咱们带当当去看看"别有洞天"吧。当当爸爸"嗯"了一声。

小树林里的那座破房子已经被刷上了漂亮的油漆,墙上那个洞,被圈上了耀眼的红色,红漆旁边几个深蓝色大字——"别有洞天",格外醒目。

杨小花这时也来了,看到幸当当,远远地就喊,当当,幸当当,房子里的花开了,好漂亮呢。

听到杨小花的声音,幸当当的手指动了一下,幸当当知道墙内的花一定比墙外的香,因为爸爸又回来了。

遇见未知的自己

○杨柳芳

我一直走,向黑暗深处走去。

尽管周围掩藏着无数双眼睛,并且它们充满了焦虑与渴望,但我仍然执意要往前走。这些可怜的眼睛啊,只要我向前迈进一步,它们就会发出惊恐的或者是悲怆的光芒。它们试图用这样的光芒来阻挠我的前进,可是,我必须向前走,必须!

我知道,在前方我将会遇到一个未知的自己。这个自己或者是落魄的、淡然的,也或许是功成名就的,当然,还有可能会堕落成一个没有灵魂的妖姬。我挥一挥手,朝周围那一双双眼睛喊着:"再——见——再——见——了。"

我的成绩一向那么出色,每次考试我都能稳居前五名。所有人都很肯定地认为将来的我不是清华的才女,便是北大的天之骄子。

可是,世事难料,一个高考下来,我居然只考进了一个三流本科。

那一双眼睛又迫不及待地追了上来,我没有猜错的话,那是母亲的眼睛,她的眼睛向来是雷厉风行的,可是,面对如今的我,她居然也能变得如此的软弱。她停留在我面前,用哀求的目光看着我。她说:"小芳,你无论如何得听我的,复读!只有走复读这条路才不枉费这几年来的努力。"

我没有停步,我撇开这双眼睛,继续向前冲去。我看到了前方有一丝光芒,它不断地闪烁着,引领着我的目光向前走去。我相信那里藏着一个未知的自己。我一直是个听话的孩子,从小学到高中,母亲说什么我就做什么,我把儿童时期和少年时期应该享受到的欢乐时光都用在了学习上。我初中的同桌余乐乐就一直嘲笑我是书呆子,她说我居然连风筝都没放过,更别提现在 iPad 里的各种小游戏了。

另一双眼睛又冲了上来,我从它仁慈的目光中看到了父亲的影子。父亲一直都是那么慈祥,他给我做世上最好吃的饭菜,给我买我想要的一切,甚至是天上的月亮,他都会努力为我摘下来。可是,我的父亲,我亲爱的父亲,他唯一的愿望就是希望我考上清华或者北大,他用特有的仁慈来要求我,使我没有理由去与他抗争。如今,他仍然这样,他说:"小芳,答应爸爸,只要复读,你想要什么爸爸都给你买。"

我终于知道了什么叫软硬兼施的功效。于是,我不得不听话,而且是很听话,我每天必须看书、写字、学习,然后吃饭、睡觉、思考。这是我跨入大学前的人生写照。

如今,我要从这个无趣的圈子里跳出来,我不要复读,不要!我就是要读一个三流的本科!所以,我必须向前冲,甩开一双双阻挠我的眼光,向那一丝微弱的光芒奔去。

可是,那一双双眼睛是那么的顽强,一个下去了,另一个又追上来。此刻,站在我面前的这双眼睛是表姐的,她怜悯地看着我,像看一个刚刚从苦难中爬上来的孩子,她为此用自己的光辉浇灌在我身上,她说:"小芳,听我的,复读吧,偶尔失利也是很正常的,你基础好,该复读的。你瞧我,现在还没毕业就很多大单位来要人了,怎么着都要为自己的将来做个最好的打算啊。"这个北大才女啊,她一直是我的榜样,一直是我膜拜的神。而我的父亲母亲就是把她看成是一个将来的我,一个未知的自己早早地就被父母们收入了囊中。这到底是可悲的还是幸福的?

我得向前冲去,我抛开了表姐的怜悯与光辉,再次向她挥了挥手:"再——见——了——"

我看到了一个未知的自己。

她向我挥舞着双手,无比兴奋地朝我嚷:"小芳,杨小芳,过来呀,来这里,这里有阳光,有甘泉,有鲜花,还有很帅很帅的大帅哥……"

我感到了内心的澎湃,我的脸微微地发了热,我甚至还想起了那个高中时期给我递过情书的钟跃然,对那样的男孩,我居然能做到"两耳不闻窗外事,一心只读圣贤书"的状态。

那样好吗? 不好! 我现在终于觉得不好了,因为,就在今天,我突然觉得自己失去了一切,比如,快乐与青春。我用它们下了赌注,企图去换回一张一流本科的录取通知书。然而,这样的梦想却在瞬间化为了乌有。

我不顾一切地向前冲去,终于摒弃了一双双叹息的眼睛,我看清了那个未知的自己。她居然是那么阳光,那么无所畏惧。一直以来的乖巧和温顺都没有了,她享受着三流大学里的一草一木和一枯一荣。

浮生一梦啊,绝对不只在今朝! 我相信那个未知的自己。

美 德

○云弓

这是一场空前的饥荒,幸存的人也都奄奄一息。三个相依为命的人此时也正面临一场重大的抉择,在他们的面前有一份食物,唯一的食物,这份唯一的食物可以拯救一个人的生命,但也只能拯救一个人。

三个人看到了生存的希望,却也陷入了深深的困惑。

道德说:"这食物只能救一个人,所以必须有人放弃。"

法律说:"不,这不公平,我们三个人应该平分。"

本能说:"如果那样的话,我们都会死。"

看到这难解难分的局面,道德站了起来,他跳进了身旁波涛汹涌的河里,很快消失了。

法律连连摇头:"他放弃了他的权利,他有权这样做。"

本能则紧盯着那唯一的食物,一言不发。

法律看着本能:"现在我们来平分食物。"

本能点点头。

法律伸出手,开始分配食物。

本能伸出手,他紧紧扼住法律的脖子,直到法律不再发出任何的声音。

在这场饥荒中,道德沉沦了,法律被扼杀,剩下的只有本能。

本能活了下来，他度过了那场生存危机。可是他生活得并不愉快，因为他失去了道德，道德曾经是他最好的朋友。

本能沿着河流试图去寻找道德，在河的下游他费尽周折也只找到了道德的外衣，他披着道德的外衣回到了家，但道德的外衣已经开始腐败，不可收拾了。

本能很伤心，他掩埋了道德的外衣，并且为道德树立了一座丰碑。

被扼杀的法律并没有真的死去，他渐渐地苏醒过来，在他恢复了自己的体力之后他找到了本能。

法律显得很脆弱，但他依然威严："你杀死了我，你应该被处死。"说完法律便把他巨大的法网抛向本能。

本能很紧张，可是很幸运，法律的法网存在着一个漏洞，本能正好能够从洞中挣脱出来。

本能静静地说："你没有死，我并没有杀死你。"

法律脸色苍白。

法律回到家中去修补自己的网。意外的是本能却来找他。

本能说："我很沮丧，虽然我们都活了下来，可是道德却死了，没有道德生活变得毫无意义。"

法律说："不会，道德是永生的，他永远不会泯灭。你怎么知道他已经死了。"

本能说："我在河的下游找到了道德的外衣，他一定已经死了。"

法律摇头："你错了，要寻找道德只能到河的上游，道德是不会愿意随波逐流的。"

在河的上游他们真的找到了道德，此时的道德是赤裸裸的，灾难只是使他失去了自己的外衣，可他的身体却发出熠熠的光芒。法律和本能异口同声地喊道："美哉！道德！"

从此道德便有了一个新的名字：美德。

拯 救

○云弓

　　一艘豪华邮轮在海上遇到了暗礁,顷刻之间巨轮倾覆,船上的人大多数葬身大海,只有一小群人,幸运地挤上了一艘救生艇,在海上开始了艰苦的漂泊。不知经历了多少天,终于在远处出现了一个小岛,所有的人竭尽全力划向小岛,人们获救了。

　　这是一个荒凉的小岛,虽然大家都获救了,但是这里与世隔绝,人们不知道自己究竟身处何地。他们一面在岛上开始了简朴的原始生活,一面在岛的最高处堆起了干柴,每天派人在那里观望,希望有过往的船只能够发现他们的踪迹。

　　时间一天天过去,看来这是一座被人遗忘的小岛,没有任何船只从附近经过,渐渐地人们陷入了绝望。他们甚至放弃希望,整天唉声叹气。人群中有一位牧师,时间久了他成为大家唯一的精神寄托,无论是信神的还是不信神的人,此时都把他当成唯一的希望。

　　牧师说:"神会保佑所有善良的人的,我们一定会获救。"

　　所有的人都相信他,也只能相信他了。

　　可是没有人来救他们。人们绝望的情绪达到了顶点。

　　一天,人们聚坐在牧师的身边,他们想到了死的问题,有人说:"牧师,看来我们今生是无法离开这里了,人死后真的有天堂吗?"

"有的。"牧师肯定地回答。

"那么我们死后能上天堂吗?"更多的人问道。

牧师说:"凡是诚实善良的人,死后都会到达天堂的。我相信,在这里的每个人都应该能够上天堂。为什么不呢?"

一个老人站了起来:"我想我应该是一个诚实而善良的人,在我年轻的时候,为了做生意我曾经从一个朋友那里借来一大笔钱,后来那位朋友突然病逝了,没有人知道我们之间的借约,当时我也很窘迫,不过几年后我的生意发展很快,我设法找到了他的家人,将欠他们的钱连本带息还给了他们,我想这是我应该做的。"

牧师笑了:"你会上天堂的。"

一个年轻人说道:"坦率地说,对于我们今天的遭遇我早有准备,我知道天有不测风云,因此为了避免给别人造成不必要的损失,在临行前几天,我归还了所有的银行贷款,将所有朋友的债务全部了结。现在我可以安心地死去了。"

牧师慈祥地点点头:"你也是个诚实的好人,而且你办事周密。"

在座的人纷纷向牧师讲述自己平时的操行,牧师高兴极了:"你们都是些品德高尚的人,与你们在一起更坚信了我获救的信念。"

大家都露出难得一见的笑脸。只有一个人例外,他始终没有说一句话。

"亨利,你怎么不说话?"牧师看着他,"你在船上的时候很活泼啊。"

那个叫亨利的人站了起来,轻轻叹了口气:"我很抱歉牧师,其实我想说我的真名不叫亨利,我是杰克,我知道我进不了天堂,准确地说我是个骗子,一个无耻的人。在此之前,我成立了一家投资公司,我利用一些漏洞,将所有的钱转到了另一个账户上,我改换了名字,我上这艘船是想到一个不被人认识的地方,在那里过花天酒地的生活。"

牧师微微皱了皱眉。可是众人已经开始谴责他了:"原来都是因为你,我们才没有获救,你这个浑蛋!"

杰克笑道:"现在反正我什么都无所谓了,你们就骂我吧。"

突然,天空中似是传来机器的轰鸣声,有人惊叫道:"上帝啊!是一架直升机。"

人们发疯般地向飞机挥动着手臂,有人点燃了岛上的柴堆。飞机缓缓地降落,一个人从飞机里走了出来:"你们是不是那艘沉没邮轮的乘客,谁是杰克?有没有谁看见过杰克?对了,他还有一个名字叫亨利。"众人纷纷转过脸来,杰克疑惑地走了过来:"我就是,怎么了?"

来人惊叫起来:"太棒了,你还没死啊!我们是一家侦探社的,有人花钱雇我们在全世界寻找你的踪迹,他们说你欠他们很多的钱啊。"众人哈哈大笑,这一回,所有的人真的是获救了。

人们激动地相互拥抱:"善良的人终究会获得拯救的。"

"感谢上帝,你拯救了这些善良的人。"牧师虔诚地祷告着并走向杰克,"因为在这个世界上还有邪恶,所以善良获得了拯救。我们获救了,因为有你。"

痛苦之源

○云弓

有一个年轻的农夫快乐地生活在人间,每天他都微笑着在自己的田里劳作,愉快地唱着歌。

在奥林匹斯山上,三位美丽的女神赫拉、雅典娜和爱神阿佛洛狄忒都被他悠扬的歌声吸引,渐渐地,三位女神妒忌起来。

赫拉说:"这个不知天高地厚的凡夫俗子,我要让他变成残废,让他在痛苦中度过余生,看他还高兴得起来不?"

雅典娜说:"我要把他变成白痴,让全世界的人都耻笑他。"

爱神则诡秘地笑笑:"不,我要给他伟大的爱情。"说完便带着三位绝色的女子出现在农夫的面前。

年轻人被眼前的美女惊呆了。

爱神说:"我要赐予你幸福的爱情,你可以从她们三人中任意选择一人做你的妻子。第一位女子,你娶了她将会拥有无限的财富,终此一生,无穷无尽;第二位可以给你带来至高无上的权力,你可以为所欲为;第三位则可以给你带来最高的荣誉,让全世界的人都景仰你的威名。"

年轻的农夫激动得手舞足蹈,他的思想激烈地斗争,但还是拿不定主意。

爱神笑了笑："这样吧，等你想好了就对着前面的山谷大声说出你的选择，无论何时，只要你选择了，我都会立即满足你的愿望。"

农夫回到家中，一夜未睡。

第二天，田地里没有出现他的身影，更没有他的歌声。

一天一天过去了，年轻人生活在痛苦的煎熬中，终于瘦得皮包骨头，病倒在床上。

雅典娜动了恻隐之心，这位智慧女神赶到了他的床边说："曾经快乐的年轻人，你为什么变得如此痛苦啊？"

农夫说："爱神给了我幸福的机会，可是我无论怎样选择，我失去的总比得到的多，所以我痛苦，太痛苦了，我必须做出正确的抉择。"

雅典娜点点头："这只是爱神的阴谋，你只要放弃选择，你又没有失去任何东西，你还是原来的你，你不还是快乐的农夫吗？"

年轻人恍然大悟，他随着雅典娜来到山谷，坚定地宣布放弃自己的选择。

雅典娜笑了起来，她想爱神一定很失望吧。

农夫又出现在田头，一身的轻松。渐渐地他感到有些疲倦，他来到树荫下喝了口水，突然他想起了什么："如果我有很多钱，我何必如此劳累？如果我有权，我完全可以让别人替我耕作；如果我不是一个让人瞧不起的农夫……"想着，他痛苦地低下了头。

农夫无心劳作，他越来越后悔，他要向每个人哭诉他的不幸，他衣衫褴褛，乞讨为生。赫拉见了十分不解，她愤怒地来到年轻人的面前："愚蠢的家伙，你已经做出了正确的选择，你自己毫无损失，你干吗还要念念不忘，真是个蠢货。"

农夫痛不欲生："您不知道，我太后悔了，竟然放弃那么好的机会，当初随便怎样选择，我现在也是个幸福的人啊，我真是太不幸了。"

麦 客

○李德霞

一大早,爷爷就拎把镰刀出了门,再进门时,领了个麦客回来。

母亲做好了早饭,一看爷爷身边的麦客,惊讶地"咦"一声,皱着眉头说:"爹,咋是个孩子啊?"

爷爷晃了晃手里的镰刀,嘿嘿一笑说:"别看人小,本事不小。刚才我领他到麦地里一圈,试试身手,一点不孬。"

父亲和母亲都是割麦的好手。以前,我家从不雇麦客。可今年麦子黄时,一向身强体壮的父亲病倒了,腰痛得站不起来;小叔领着父亲去了县医院,查不出结果,又去了省医院。爷爷老了,割不动麦子;小婶教书,脱不开身。两家的麦地有四十几亩,靠母亲一个人是无论如何也割不完的。母亲跟爷爷商量了半天,才决定雇个麦客……

吃过早饭,母亲领着小麦客下了地。中午回来,母亲惊喜地连声称赞:"果然不孬,连我都撑不上,不是他的对手哩。"

母亲做饭,小麦客也不闲着,一会儿到院里提桶水,一会儿帮母亲烧火。闲谈中,母亲知道,小麦客满十九了,家在甘肃陇南一带,父母已去世多年,家里还有七十多岁的爷爷奶奶。小麦客两年前就离开了学校,跟着村里人过黄河,一路向东来我们这边当麦客。

麦子割到一半时,小叔从省城匆匆赶回来。父亲要做手术,他是回来取钱的。母亲七凑八凑，卖了一头猪，才凑了三千块。送走小叔，母亲拿着剩下的四十块钱对小麦客说："我家男人要做手术，家里拿不出雇麦客的钱了……这是你的工钱，拿着。你另找一家雇主吧。"

小麦客没接钱，一脸诚恳地说："大嫂，你家麦子熟透了，不能再扛了，就让我帮你割完吧，工钱可以先欠着……"

母亲一愣："欠着？"

母亲不知道陇南在哪里，但母亲明白陇南离我们这里一定很遥远，隔山隔水的远。母亲说："欠账没有欠这么远的呀！"

小麦客说："我明年还来，到时我登门来拿……"

母亲断然地摇摇头。

一旁的爷爷说："哪有半道打发麦客的理儿？留下吧。工钱的事我想办法。舍下这张老脸，还愁借不到几十块钱？"

爷爷借钱去了。鸡卵大个村子，东家三块，西家五块，总算凑够了小麦客的工钱。

小麦客要走。母亲起个大早，烙了香喷喷的鸡蛋葱花饼。母亲去喊小麦客，连喊几声没人应。推开房门一看，里面空荡荡的，小麦客早走了。更让母亲惊愕的是，叠好的被子上有一沓钱，正是母亲昨晚交给小麦客的八十块钱工钱……

母亲抓着钱跑出门去，问遍了村里早起的人，都说陇南麦客们鸡叫头遍就结伴出了村，这会儿怕是到镇上的车站了。母亲呆呆地站在村口，一阵晨风拂过，吹落母亲满眼的泪水。

第二年，麦客没来。

第三年，麦客还是没有来。

小婶说，麦客的老家这几年也好起来了，男人们不用出门当麦客了。母亲听后，有几分欢喜，也有几分失落。

一晃,三十年过去,母亲已是快六十的人了,还是常常念叨起当年的那个小麦客。母亲说:"他也奔五十的人了,该是老婆孩子一大家了吧?"母亲还说,"不知道他还记不记得咱家?还记不记得咱欠他八十块钱工钱……"

前年,甘肃陇南发生泥石流,伤亡惨重。那些日子,母亲坐在电视机前,看着一幕幕令人揪心的画面,老泪纵横。

我回城的头天晚上,母亲突然问我:"城里有没有捐款的地方?"我说:"有,到处都是。"母亲翻箱倒柜找出个旧存折交给我。母亲说:"替我捐了吧。"我一看,存折上只有八十块钱,存期已经三十年。我明白了,这不就是当年我们家欠小麦客的工钱吗?这些年来,我们家也苦过、难过,可母亲硬是没动这份钱。只是当年的八十块,现在已变成了六百元。

回城后,我添了四百,凑足一千元,郑重地捐给了甘肃陇南灾区,是以母亲的名义……

一杯没有思想的水

娘的善心

○李德霞

爹挑一担水回来,进门就说,他娘,村口旧仓库里那个疯女人又喊又叫的,怕要出事,你快过去看看。娘一个激灵,"刺溜"下了地。娘说,八成是要生了吧。我凑到娘身边说,娘,我也想过去看看。娘瞪我一眼,小孩子家,女人生孩子也想看,滚一边去。娘急急地走了。

娘回来时,已过了晌午。爹问,生了?娘说,还是个胖男孩。真不知道是哪个挨千刀的造的孽。娘想起什么,闪身进了灶间。只一会儿,就有熬小米粥的香味弥漫过来。我抽抽鼻子,冲灶间喊,娘,我要喝粥!灶间的娘说,你又不生孩子,喝啥粥?想喝,回头娘给你再熬。娘从灶间出来,手里拎只饭罐,袅袅热气在罐口缭绕。娘是要给疯女人送粥喝。

爹瞅着娘跨出院门的背影,摇摇头对我说,你娘,就是心善。

疯女人满月了,娘又有了新打算。娘说,送佛送到西,救人救到底。我得把那个孩子给送出去。不然,俩人谁也别想活。爹吓了一跳,疯女人的孩子谁敢要?娘说怕啥?他娘是疯子,那孩子又不是疯子。咱家有小山,要是没小山的话,我也敢要。爹说,那还得看人家疯女人乐不乐意。娘笑歪了嘴,她一个疯子,懂个啥?她连自个儿都照料不了,还能照顾得了孩子?

{ 056 }

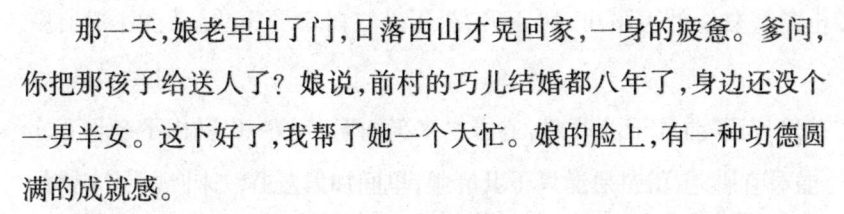

那一天,娘老早出了门,日落西山才晃回家,一身的疲惫。爹问,你把那孩子给送人了?娘说,前村的巧儿结婚都八年了,身边还没个一男半女。这下好了,我帮了她一个大忙。娘的脸上,有一种功德圆满的成就感。

谁知,娘刚睡下,村子里突然响起疯女人的哭声。那哭声,像野猫叫春。

爹一怔,碰碰娘,她在找孩子。这下,你惹祸了。

娘不急,翻个身说,随她哭去,哭上几声,她就不哭了。

事实并不是这样的。疯女人的哭声就没有停歇过,一直回荡在夜空中,大有孟姜女哭长城的坚韧劲儿。爹被征服了,一骨碌儿坐起来,冲娘喊,好端端的,你惹她干啥?娘坐起,一脸的委屈,嘟囔道,我这不是为她好吗?爹吼,好个屁!她要是懂个好歹,还叫疯子?赶明儿,你赶紧把那孩子要回来还给她,爱死爱活关咱屁事!

娘没辙了,陪着疯女人的哭声一直坐到天亮。

娘挥动着还没有歇过来的腿脚又出发了,返回村子时,已是日过三竿。娘顾不得回家,抱着孩子直奔村口的旧仓库。

仓库四周,静悄悄的。秋风打着旋儿,掠起一片片秋叶,四散飘零。娘犯了迷糊,疯女人咋不哭了?来到仓库门前,侧耳细听,没一点动静。娘推开门,闪身走了进去。里面的一幕,骇得娘魂飞魄散!

疯女人吊死在了房梁上……

一杯没有思想的水

乡村二月

○李德霞

乡村二月,早春的风还有点冷。前面拐弯处,是刘根家。我紧走几步,撵上三哥说,咱要不要和二月说一声?

三哥头也不回,说啥?说个屁!咱躲她还来不及哩。我挠挠头,想想也是,就不再吭声了,屁颠屁颠跟着三哥往村外走。

我和三哥在城里打工,准确地说,是在郊区一家私营砖厂做水泥砖。三哥早几年进厂,干得不错。我中学毕业后没事儿干,三哥就把我领进砖厂。三哥这人好说话,他不仅带了我,还带了村里的刘根。

刘根大我几岁。别看干活很孬,心眼儿却活,嘴巴也甜,才干了几个月,就和老板的独生女儿好上了。从此,刘根不仅不用干活,还做了个小头目,整天背着手在工地上转来转去,吆五喝六的,牛得不行!

几天前,砖厂停电,放假五天。本来我和三哥一块邀刘根回村的,可刘根不肯回去。我和三哥当然明白刘根不回家的原因。以前,我一直不明白,桃花一样漂亮的二月,怎么会嫁给刘根呢?现在我总算明白过来,刘根这小子,很会讨女人的欢喜呢……

走过村街,来到村口。

刚刚抽出嫩芽的老槐树下,站着一个女人,正是二月。

我偷眼看三哥,三哥只顾怔怔地往前走。

风吹乱二月好看的头发,吹动二月的衣襟,飘飘的。二月肚子鼓鼓、身子笨笨地站在那里。

走近了,二月说,你俩走哇?

三哥嗯,我也嗯。

二月拢拢散乱的头发,看看我,再看看三哥,说,你俩跟我说句实话,刘根他……是不是和老板的女儿……

三哥不看二月,仰着脸看天。谁说的?没影儿的事!说这话时,三哥面无表情,脸色僵硬。

没影儿的事?二月眉头拧成个疙瘩说,厂里放假,你俩懂得回来,他咋不回来?

我赶忙打圆场,刘根有文化,老板留他做预算呢。

二月冷笑一声,怕是和老板的女儿做结婚的预算吧。

三哥把右肩上的挎包挪到左肩,抹一把脸说,二月,别想那么多,保重身子。刘根他……会回来的。

回来?我打电话他都不接,他会回来?停一下,二月又说,你俩要赶路,我不能拦着。就请你俩给他捎个话,他不要我也罢,我肚里的孩子……咋办?

三哥噤了声。

我站在一边,看看远处的山、近处的河。

他这是逼我上死路啊!二月说完,转身朝村里走去。我看见,二月的眼里甩出一串泪珠儿。

二月走了,走得趔趔趄趄。

三哥一拳砸在槐树上,狼一般吼,狗日的刘根,猪狗不如!

我劝三哥消消气,我说,反正你骂他他也听不到,咱还是赶路吧。等去了砖厂,咱再想办法不迟。

走出村口,踏上大道,太阳已经升高。

三哥一脸自责地说,这事,都怪我。我不该带刘根进城,更不该带他进砖厂。他要是不进砖厂,就碰不上老板的女儿;碰不上老板女儿,也就不会弄出这些破事儿来。

我说,这事咋能怪你呢?要怪,只怪刘根那小子,活脱脱一个当代陈世美!事到如今,我倒有一个办法,保管能让老板把刘根踢出砖厂。

三哥一下子来了兴致,定定地看着我,说说看。

我说,三哥,你知道有钱人最怕啥吗?那就是怕别人跟他说瞎话。刘根不是跟老板说他还没成家吗?咱俩找上门去,把底儿给他抖了,不信老板不扒了他的皮!说完这话,我一脸的得意,我仿佛看到,被老板踢出砖厂的刘根,灰头土脸不敢见人的熊样。

三哥说,行吗?

我说,咋不行?

三哥说,没有别的办法了?

我说,现在没有,只能这样。

三哥咬咬牙,好,就依你!

离村已经很远了,回头望去,背后的村庄,变成麻子似的小黑点。

通往城里的班车从远处驶来,稳稳地停在路口。咣当,车门打开,我和三哥跨上去。就在班车要启动的时候,三哥突然叫一声不好,转身跳下车,两条腿长短不齐地朝村子的方向跑去。

我一愣,赶紧下车,冲着三哥的背影喊,三哥,你干啥去?咱俩不进城了?

三哥边跑边说,进你个头!弄不好,那是两条人命哩!

我明白了,撒腿朝三哥撵去。

谢小迟的春秋故事

○王秋声

1

谢小迟垂头丧气地走在放学的路上,就在一个小时之前,他弄丢了自己的羊毛衫。那可是他用拾了一个星期的麦穗换来的,是爷爷给他的奖品。现在,他有点后悔,这么热的天,干吗迫不及待地穿出来?下过雨出去玩水的时候,干吗脱下来随手一扔?等意识到身上少了点东西,放学铃早就响过大半天了。谢小迟匆忙往回跑,把教室的每个角落都仔仔细细地翻了一遍,连个影子都没见着。因为羊毛衫的来之不易,他有一种犯罪的感觉。

村子近在眼前,蓦地,从谢小迟心里涌起一股凉意,这感觉如此熟悉,促使他飞快地迈开脚步。路口,谢小迟清晰地注意到聚集在他家门外的人群。

羊毛衫的事早被抛到九霄云外,现在,他面临着一个更大的难题:他的爸爸喝醉了。

在谢小迟的记忆中,爸爸每次喝醉,回来都会大闹一场,对他的妈妈拳打脚踢。以至于他每天放学走到村口,都会担心爸爸是不是又去喝酒了,他们是不是又打起来了?久而久之,形成一种奇妙的感应,只要他们一打架,谢小迟心里就会事先觉得凉飕飕的。今天,当他的爸爸抡起铁锹把妈妈砸晕在地时,他站在那里,一言不发,一动不动。旁边,妹妹和弟弟哭得声嘶力竭,一个抱住爸爸的胳膊,一个趴在地上护住妈妈。

谢小迟的爸爸怒斥,滚!

天色渐黑,谢小迟的妈妈苏醒过来,发现三个孩子不见了。

他们离家出走了,这是谢小迟的主意。早在谢小迟八岁的时候,他的妈妈就曾经出走过一次,整整一年,他没有见过妈妈。有一天谢小迟在爷爷家玩,不经意间从墙纸的夹缝里摸到一封信,信末的署名竟然是妈妈。那时候谢小迟识字不多,读完了信勉强知道,妈妈在郑州的工地上干活儿,她说这里很好不要担心她。谢小迟觉得哭是很没出息的一件事,尤其是被人看见的时候,所以他坐在门槛上,背着爷爷奶奶偷偷地抹眼泪。

现在,轮到他们离家出走了。这个家,伤透了谢小迟的心。除了伤心,他还有点瞧不起爸爸,自己没本事,喝醉了酒只会拿老婆孩子出气,算什么男人?

漆黑的夜色中,他一手牵着弟弟,一手牵着妹妹,第一次没有哭。

2

初三,谢小迟经过一年努力,考上了县里的重点高中,不过学费有点贵。妈妈征求他的意见,问他是不是要接着上下去。在回答之前,他犹豫了一下。就是这一下犹豫,坚定了妈妈的决心,她从此再也不问这个问题。妈妈是爱他的,谢小迟知道。

那个炎热而又漫长的暑假,谢小迟和爸爸开着运砂车跑去安徽拉西瓜,回来走街串巷地贩卖。他们晚上跑一夜的车,白天再马不停

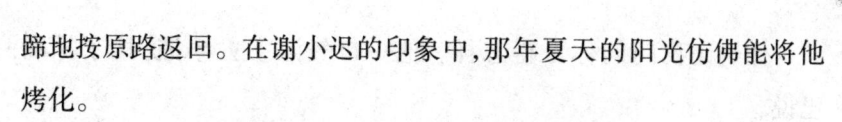

蹄地按原路返回。在谢小迟的印象中,那年夏天的阳光仿佛能将他烤化。

有一天,谢小迟睡到半夜,恍惚中听见妹妹回来的声音,他激动得跟什么似的,大喊大叫,妈!妹妹回来啦!快去给她开门。

妈妈问他是不是做梦了。

他这才意识到是怎么回事儿,那一刻,心里别提多难受了。他想起妹妹那么小就出去打工,万一想家了怎么办?想着想着,眼泪刷刷地淌下来。

他哭了整整一宿,天亮的时候,发现妈妈同样哭红了眼睛。

3

冰冷的雨丝兜头而降,谢小迟脚蹬那辆半旧的自行车,边打寒噤边微笑着行驶在回家的路上。口袋里有刚刚领回来的四百块钱奖学金,这就是他激动的原因。

回到家,妈妈正在烧火做饭,谢小迟先不急,等她忙得差不多了,才神神秘秘地把自己拿了一等奖的事宣布出来。妈妈看着眼前这么争气的儿子,轻易笑出了眼泪。

这一幕,是谢小迟在三年的高中生涯中记忆最深刻的场景之一。

4

另一个是在高考期间。刚结束前两场的考试,谢小迟的爸爸就迫不及待地赶了过来。谢小迟在自己租的房子外面发现一辆摩托车,就知道是爸爸来了。

他给热得浑身冒汗的爸爸开了一瓶矿泉水,问,爸,你咋来啦?

你妈让我问问你考得怎样。他一口气灌下去半瓶,抹了抹嘴巴说。

挺好的!谢小迟简单而明快地回答,他不想流露出丝毫可能会引起父母担心的语气。

不要有压力,能考个本科我和你妈就知足了。

听这句话的时候,谢小迟想,这话应该是妈妈安排他说的。尽管如此,他心里还是不由自主地涌起一份感动。他尽量摆出一副轻而易举的表情,仿佛胜券在握似的说,至少是本科,让妈放心吧!

谢小迟的爸爸坐了不到十分钟,就准备回去了,家里还有半亩地的麦子没有收。谢小迟把他送到门口,看着他发动摩托车,在昏黄的路灯下渐行渐远。

第一次,他从爸爸的背影里,读出了伟岸的味道。

你一定记得时光的声音

○王秋声

许多年前,在一个月明星稀的晚上,我失踪了。

后来我仔细想了想,其实那时候我并不是故意要失踪的。我是在玩捉迷藏的时候,偶然听到一连串古怪的哗剥声,然后被它吸引,一步一步走丢的。最后,我迷失在一片如水的月光中,不知身在何处,也看不见村庄的方向。耳边时不时地传来几声蟋蟀的鸣叫,除此之外,只剩下大片月光下清澈的安静。奇怪的是,在这种空无一人的情况下,胆小的我竟然一点也不害怕,我睁大眼左顾右盼,优哉游哉地移动着脚步,心里没有一点着急的感觉,反而因为好奇而充满兴奋。我就这么走啊走,全身上下沐浴在一片乳白色的月光中,似乎走了很远的距离,又似乎始终在原地徘徊。

后来我是怎么回家的,已经忘得一干二净了。好像第二天睁开眼睛,就已经躺在我的小床上了,暖暖的阳光穿过东边的窗户,在我脸上跳来跳去。我掀开被子走出来,就看见奶奶在院子里洗蘑菇。

每当我回忆起这件事,心里总会涌上一股神圣而又静谧的感觉,特别是当我慢慢长大之后,在我受了挫折之后,我总会时不时地想起那片笼罩在我身边的月光,还有童年岁月里无忧无虑的快乐。它们立刻就会填满我的脑海,赶走那些不愉快的情绪。

也许这是一种软弱的表现,是逃避的借口,是一个人还没有成熟的标志,可是我却乐此不疲。有时候,我还会在朋友面前发一声牢骚:真想回到小时候啊!然后换来一片同情的唏嘘。我知道,他们心里一定也有过这个念头,只是,没有一个人愿意说出来。

当然,每次回家的时候,我也会向妈妈啰唆。她是我最忠实的倾听者,我不会放过这个机会的。有一次,我问她:你还记得我小时候失踪的事吗?失踪?妈妈的眼神里露出疑惑的表情。

我提示她说:就是在我五岁左右的时候,有一次玩捉迷藏,跑着跑着跑丢了,你还记得吗?妈妈认认真真地回忆了一番,竟然摇摇头:没有啊!没有这回事儿啊!

我不甘心,让她再仔细想一想,可是,无论她怎么想,就是想不起来,好像那件令我刻骨铭心的往事真的没有发生过似的。我有点扫兴,本来,我还想问问她到底是谁把我领回家的,看来,她是什么都不记得了。

当天晚上,我失眠了,躺在床上翻来覆去异常痛苦。突然,一道银白色的月光透过窗台上的玻璃,倾泻而进,霎时给我带来一种诡秘的吸引力,像是冥冥中有什么力量在默默地召唤我。深埋在我体内的一股莫名的情愫开始蠢蠢欲动。我掀开被子,打开门走进院子里。仰头是一轮晶莹透亮的银盘,已经有许多年,我没有见过这么圆这么夺目的月亮了。它高高地挂在头上,像是一个小时候听过的故事,突然在回忆里出现,那么奇妙而又熟悉,充满着时光的味道。

不知不觉中,我已经走出家门,站在通往村子外面的小路上。面前是一片空旷的田野,在月光下面泛着雾一般的光泽。我在原地踯躅着,不知道是接着走下去,还是该转身回家。陡然,耳边传来一阵古怪的声响,毕剥,毕剥,像是小时候玩过的橡皮鼓所发出的声音,又像是一只啄木鸟在轻轻地啄。然而,等我转身四处打量,却什么都没

有发现。

很快,我恍然间意识到这是怎么回事儿了。小时候,我就是因为听到这种声音,才一步一步走丢的。当时,它带我去了一个安静祥和的神秘世界。时隔多年,它竟然又找上我了。

我努力压抑住喜悦与激动的心情,竖耳倾听,跟随着声音的来源,小心翼翼地移动脚步。最后,在一片白茫茫的世界里停了下来。

我睁大眼睛,举目四望,惊奇地发现,这地方和那片深埋在我记忆里的场景是如此相似,月光如水,蟋蟀鸣唱,视线里一片清澈的安静。我张开双臂,轻轻闭上眼睛。

倏然,身后传来一串细碎的脚步声,慢悠悠,像是充满了试探。

我惊讶地回过头,陡然,面前出现一个五岁左右的小男孩,一脸茫然地望着我。

你可以想象,这时候的我是多么震惊。我们目瞪口呆地对视了很久很久。最后,我打破沉默,问他为什么会在这里。

他说:我在玩捉迷藏呢,玩着玩着就迷路了,我找了很久,也没有找到回去的路。

我说:原来是这样啊,我带你回家,好吗?他眨了眨眼睛,把手递给我:你能帮我找到吗?

我说:我能。

那天,我牵着他的手,在月光下转过身,一步一步往回走。渐渐地,毕剥声又隐隐约约地出现了,我们相视一笑,踏着节拍越走越快。没多远,村庄的轮廓近在眼前。

我停下来,蹲在他面前,目光正好对着他的眼睛:你看,到家了!

他好奇地问:你怎么不走了?

我说:我要留在这里,等你长大了,再来接我好不好?

他听话地点了点头,和我挥手告别,我一动不动地站在原地,目

送着他稚嫩的背影越走越远,直到消失不见。

第二天,我从睡梦中醒来,发现自己已经躺在那张童年时的小床上。暖暖的阳光穿过东边的窗户,在我脸上跳来跳去。

我掀开被子走出来,第一眼,就看见了奶奶。她正在厨房外面忙活。于是我走过去问:奶奶,你在干什么呢?

她脸上露出慈祥的笑容:你看,我在洗蘑菇呀!

纸 风 车

○王秋声

芦苇顺着风的方向摇摆。

英子透过风车旋转的间隙,眼睛被微微晃动的阳光刺痛。

牙牙第一次对英子产生好感,是在某一天放学的路上。她隐隐望见前面有一条人影,矮矮地蹲在路边,走近一看,原来是沉默寡言的英子。

因为性格原因,英子在班里显得既不合群而又难以接近,脸上自始至终带着与年龄不符的冷冰冰的表情,从来没见她笑过。牛莉莉说,英子有自闭症,你们玩耍时记得叫上她。可是,向来唯班主任之命是听的女生们这次却不听话了,她越是这么说,她们越是刻意疏远她。

牙牙向英子靠近的时候,是怀有一定的戒备之心的,这个奇怪的女孩,此刻在做什么稀奇古怪的事呢?牙牙小心翼翼地停在马路中央,正对她的背影,踮起脚张望。在英子肩膀后面,有一只小麻雀软瘫在地,浑身颤抖。

牙牙"咦"了一声。

英子正聚精会神地盯着麻雀看,一听见背后的动静,马上转过身来。

牙牙赶紧放低脚跟,讷讷了几下,有点尴尬。英子的表情没有丝毫改变,等着她先说话。

你在看什么?牙牙明知故问。

是麻雀。回答完毕,英子径直把头扭回去了。

牙牙感觉到自己不受欢迎,可她真的很想知道这只麻雀是怎么回事儿,就没话找话地问,你喜欢麻雀?

嗯。

牙牙鼓起勇气,我能和你一起看吗?

英子扭头看她一眼,又飞快地扭回去,嗯。

牙牙安静地在她旁边蹲下,顺着她的目光,凝视那只来历不明的小动物。它的目光中透着惊恐,身子向后倾斜,努力保持警惕的姿势,只是全身上下连同双腿都在剧烈地抖动,看起来孱弱无力。

它这是怎么啦?牙牙问。

刚才有一只老鹰从它头顶飞过,把它吓坏了,从半空中掉下来,动不了了。

那它会死吗?牙牙睁大眼睛。

它只是被吓破了胆,再过一会儿,应该就会飞了。

这些话勾起了牙牙的兴致,麻雀竟然会被吓成这样,真是闻所未闻。

蓦地,传来英子惊喜的叫声,快看,它会动了!

果然,惊魂未定的麻雀抖了抖翅膀,挺了挺身子,颤抖变得越来越微弱,终于平静下来。

英子把它捧在手里,轻轻一送,麻雀直直地向前飞出去,停在路边的枝头上,稍作休息,再一次振动双翅,越飞越高。

那天,牙牙和英子在夕阳下并肩走了很远,告别的时候,牙牙觉得自己长见识了,还觉得,英子其实挺不错的。

可是,另一个人却不这么想,他就是英子的同桌小威。在他眼里,英子是避之唯恐不及的怪物。他们的关系一直不好,终于有一天,危机爆发了。

事情的起因是小威禁不住诱惑,偷看了英子传说中的纸风车,匆忙中放错位置,被英子发现。当时课正上到一半,两个人在下面吵成一片。牛莉莉不得不中断讲课,走下讲台倾听英子的控诉。

小威小声嘟囔,一只破风车,有什么稀罕的?

牛莉莉听见了,教训他说,你偷看别人的东西,总之就是不对。快道歉!

小威闷着头不吭声,脸憋得红红的,想不到来了一句,老师,我不想和英子同桌了。

不行!牛莉莉当机立断,除非特殊情况,才能考虑换位。

小威觉得,他这就是特殊情况,可这话他又不会说,只好换一种方式表达,我不喜欢英子,和她坐一块闷死了。

英子的脸色变了变,牛莉莉连忙制止他,你凭什么说不喜欢人家?要团结同学知道不?

我就是不想和她坐同桌!

还敢犟嘴!牛莉莉准备爆发了,这一刻班里鸦雀无声,可怕极了。英子的头使劲往下低,紧咬嘴唇,手里捏着她的纸风车。

突然,牙牙忐忐忑忑地站起来,用一句话打破僵局。

老师,让他跟我换吧。

和英子坐同桌的第一个星期,牙牙就成了英子最值得信赖的朋友,她们同进同出,几乎形影不离。牙牙发现,牛莉莉说错了,英子没有自闭症,她只是不喜欢说话。

英子的家住在渚水湾,那是两条河道的交汇处,星期天,牙牙去了英子家一趟。

英子的奶奶是一个七十多岁的老婆婆,满口黄牙,看见孙女带朋友来了,高兴得合不拢嘴。在那间简陋的屋子里,她给牙牙讲英子以前的故事。

直到这时牙牙才知道,英子和奶奶相依为命已经三年了,三年前,她也有自己的爸爸妈妈。英子的爸爸是一位卡车司机,在从杭州回来的路上出了车祸,英子连他的最后一面都没见着。她的妈妈受不了打击,此后变得半疯半傻,撇下英子和她年迈的奶奶离家出走,听说去了广州。

讲这些话的时候,老婆婆的眼里含着泪水,听得牙牙一阵难过。

英子跑进里屋,对着墙壁偷偷抹眼泪。

牙牙走上去抱住她稚嫩的肩膀,她还太小,不懂得沉重的概念,可她知道人为什么会哭。

临走之前,英子给她讲纸风车的故事。那是妈妈最后留给她的礼物,她喜欢每天带在身上,因为这样,她才会觉得,妈妈并没有走远,总有一天还会回来。

那天,牙牙陪她在渚水湾上一直坐到很久很久。

芦苇顺着风的方向摇摆。

英子透过风车的间隙,眼睛被微微晃动的阳光刺痛。那里有一个她幼小的心灵所无法抵达的世界。

画 价

○王镜宾

"先生,您这幅作品卖吗?"

画展上,人头攒动,作品琳琅满目,以国画为主,虽不乏名家作品、新人佳作,但少有人问津。在这个繁华的大都市开展十多天来,成交量屈指可数。

"卖,卖,当然卖啦!请问先生您愿意出多少钱?"被询问的作者由画师闻言心头一阵激动,若久旱逢甘霖,他乡遇知音,一脸沧桑被激动的笑纹抹去,知天命之年,他一下子像小工具车卸下一座大山,轻松得直想鸣笛歌唱。"您卖多少钱?开个价吧!"问价的人也是个中年人,一看是个行家,很爽快,打扮得风流倜傥,一身名牌,让人不敢小觑。

"先生,您报个价吧!"画师心情更加激动,胸中有一股春溪激荡,冲击着冰封已久的他。"发市了,天哪!"终于有人在大都市大画展上主动向他问价要画了,这些年功夫没白费,皇天不负有心人,老天总算睁开眼了!

"先生,别这样,不要客气,请您先报价吧!"买主还是不紧不慢地催促。

"啊,啊,先生,您说吧,我这里好说……"由画师越来越激动,心里有一江春水开始向东奔流,越来越汹涌,他激动得几乎说不出话来。

"好,先生,看您是个爽快人,我出这个数!"买主一伸巴掌,竖起五根指头。

由画师的心猛地一跳,眼睛眯着很费劲才看清楚,急问:"五百?"

"不,先生,您太低看我啦!太低看您的作品《岁月》啦!这幅画构图巧妙,气势磅礴!"买主说着露出嘲讽的笑。

"五千?"由画师心又猛地一跳,几乎从嗓子眼儿里跳出来。要知道,他的画连五百元都没卖出过呢,这几年,为了冲击绘画高峰,他从单位退休后,在知天命之年东拼西凑借钱上大学,在京城为吃一碗三元以下的面条儿几乎跑断了双腿。

"哈——"买主大笑起来,引得不少观众驻足观望,几个好奇的人,连同由画师在美院的同学都被吸引过来,围成一个小圈,看今天发市后的第一场生意怎样成交。

"五万?"由画师心海深处"咚"的一声,像印度洋海底突然爆发出一次百年不遇的大地震,胸中掀起巨浪海啸,浪高由几米向几十米掀起。他激动得满脸通红,身体被海浪冲击得前后摇晃,打起肘摆子快要昏倒了。要知道,几年来,为上学进修,他卖完了家里值钱的东西,连房子也卖了。花了十几万元,参加了多次画展,却没有卖出一幅作品,老婆孩子骂他画的是"两堆垃圾,一文不值",骂他神经不正常,想当画家想疯了。几年来,他备受世人讥笑啊!

"对!就这个数!怎么样?"

"五万?天呀!太、太好啦……"由画师激动得眼前发黑,身体一软,向后倒去。

"老由,老由,别这样……"老由的同学们赶忙抓住他,七手八脚把他扶到休息厅,掐人中、按摩、冷毛巾擦脸,忙了好一阵子,才把他急救过来。

"买主呢？太好啦，成交，成交吧……"由画师醒过来后，又进入亢奋状态，双手乱舞，立即要求马上成交。不料，却遭到几个同学的一致反对。

"别急着出售，兴许还有比这更大的买主、出更高的价钱呢！"一个长发披肩、络腮胡子的同学粗声大气地阻止他。

"十年寒窗无人问，一举成名天下知——咱美院的老师画了三十多年没出名，到六十多岁时才被一个外国收藏家看好，参加国际画展一炮打响。出了名后，压在书房里的几麻袋画被一幅一万元全收走了，不发现则已，一发不可收拾，就是几百万啊！这是你成名的关键时刻，学学咱老师吧！"一个大背头、黑得跟煤块一样的同学劝阻他。

"甭急，要卖也不能按他说的价，画家总没有收藏家精，再出两巴掌，让他砍砍价再说！"一个风韵犹存的中年妇女同学出了个主意。

"行，我看可以砍价！""中，识货不识货，来个大家伙，我看可以一试！"

"十万？天哪！那是我这几年的全部支出，能成吗？"由画师在同学们的煽动下头脑开始发热、膨胀，有点失去了主见。

"能成！我早就说老由是厚积薄发、功底深厚，只是伯乐没出现罢了，这下好了，可以一炮打响！"

"可以可以，你放心，坐在这里不要动，我们哥儿几个帮你砍价，一千一千地砍，最低也要七八万……"

几个热心的同学怂恿着他拿起大画家的架子，坐在休息间按兵不动，他们出去代表老由与买主讨价还价。

"十万！"

"不行，太高啦！"

"九万九！"

"不值！"

"九万……"

"不行,我又不是外行……"

"八万,少一分都不卖……"

"不行,我最多出五万五千块,多一分也不出!"

老由按捺不住,一急向外探头探脑,那个女同学扭头看见,急忙回身把他推回去。

"八万,少一块也不卖……"

"五万五千,多一块也不出!"

买主不耐烦了,说:"他又不是名画家,我已报出了天价了,叫他出来,我和他说吧。"

"不行,由画家的底价就是八万,少了不卖。"

"好好好,你们再到里边和他商量吧!"

几个同学拗不过买主,折身回去和老由商量。商量了好大一会儿,决定最多再让一万元。

但一群人簇拥着一炮打响的由画师出来时,买主却不见了,他们急忙在展厅找了个来回,也没找见人,早走了。

"天呀,我的五万丢了。我这个学期的学费还没着落呢……"由画师突然爆发出来一声哭喊,在展厅里久久回荡着。

许多观众闻声都围了上来。

绝 学

○王镜宾

"……谁敢上来和我战？我一刀劈了他……"三九天，大雪纷飞，精神已崩溃的马二甩掉棉衣，脱得一丝不挂，双眼喷火，两手舞两把菜刀，浑身脏乱，跑到门外城区路边乱叫乱骂，连过路的几个大车司机也惊骇了，忙刹住车，不敢上前经过。

"杀呀，杀……"马二又发作了，向看热闹的人群冲过来，吓得大人小孩四散而逃。

"当当……"马二没追上人。追到拉煤大卡车跟前，怒火万丈地挥刀砍车，车门、引擎盖被砍出道道伤痕，几个大车司机吓傻了，动也不敢动，大气不敢出。

"不要打头，打腿，快把他放倒！"突然马二家的院子里传出一声威严怒吼。马老大，一个身材魁梧的小伙子像从地缝中爬出，抡起大车的铁摇把，从后边打到兄弟马二的腿弯处，一下子把马二打倒在地。马老大一个虎扑，迅速扑上去按住兄弟，拧手腕、夺刀，在从院中跑出来的父亲老马、镇里年轻人的帮助下，忙活了一阵，终于把疯狂打人毁物、四处乱窜、给四镇八乡构成严重公共安全威胁的马老二捆到一块门板上，抬了回去。

公共秩序才得以恢复，道路才畅通。

"不喝？哪能由了他,用铁勺撬开嘴巴,往嘴里灌药!"

经人介绍,马家把乡医牛大夫从百十里外请来,给这十八岁的老二治病。马二得了癫狂病,省城有精神专科医院,但花钱多,家里没钱,老马一人上班,一个月才挣几十块钱,省城去不了,只有在家请中医来治,虽说便宜,但也要卖掉家产四处借钱。请来瘫痪了只能坐在轮椅上治病的牛大夫。这牛大夫脾气大,下手重,用药大胆老辣,对马老二这狂症,竟要老马去镇上铁匠铺抓回一大袋铁屑子,一服药用五百克,这铁屑俗称"火龙皮",中药称"生铁落",烧红后铁灼热,入药煎服则铁离子下沉,坠压病人心火,祛痰化瘀。

"只有这生铁落服下,三天他就不狂了,就是通上电他也跳不起来!"六十多岁的牛大夫在当地治疑难杂症远近闻名。对这种被称作"精神绝症"的狂病,他知道必须急病急治,不敢耽搁,推掉了其他病人,专程住到病人家,每天号脉,观察病情变化,三天一开方,辨证论治。

果然,三天过后,病人不再乱叫乱骂,只是大小便拉了一裤子,裤脏需要人及时换洗,牛大夫喝令给病人松绑,让马二自己喝药,马二顺从听令。十天后,马二神志开始恢复,吃饭、服药、休息趋于正常,全镇人都松了一口气。牛大夫让前来帮忙的村里年轻人各回各家,只让马老大暂时不跑大车,在家照顾兄弟。由于老马单位是企业,生产任务重,还要给儿子挣药钱,牛大夫让老马回厂上班。

买药、煎药、劝病人吃药人手不够,牛大夫就让马老大把牛大夫刚过二十的女儿牛玲从老家接来,煎药,劝病人吃药,辅助病人心理疏导。

马老大停了大车,每天除服侍兄弟外,对牛大夫照顾得十分周到,和妈妈一起买菜、做饭、买药,给牛大夫端饭、端茶、洗脚、洗头,问药名记药性忙得不亦乐乎,牛大夫父女二人充满了笑意,像腊月天的老梅开花。

转眼间，迎春花开，春天来了，他对马老大说："你聪明伶俐，是个学医的料。"马老大只喜欢开车，不愿答应。

一百天后，病人除反应迟钝外，其他已恢复正常。牛大夫父女起身回家，马家感激万分。临走时他对老马说："你老大聪明能干，会察言观色，是块学医的料！"老马父子二人不置可否，不予应答。牛大夫又说："老二的病已经治好了，但这治法只管八年，八年后遇到刺激还会犯。"

老马一家人像遇到了倒春寒，惊问："那咋办？有没有除根的办法？"牛大夫说："有，我有一个药方秘不外传，用几种名贵药材、豆腐混合蒸好，一天两次，一次两丸，一个多月服完，不管以后遇到什么刺激，终身不复发。"

"要花多少钱？"

"至少两千元。"

"天呀，那是我一年的工资！"老马惊叫起来。老马一会儿又陷入愁肠百结的境地。牛大夫走后不久，让当初介绍他来看病的中间人捎来话说，他父女二人看上了马老大，只要能结为秦晋之好，他愿意贡献自己珍藏多年的几种名贵中药，免费为马老二配制中药根治，同时收马老大为徒，继承他的中医绝活，因为牛大夫几个子女都不愿学，也没有天赋。

人家是恩人，牛玲也长得五官端正、贤淑大方，本来这是好事，牛大夫一家满心欢喜地等着好消息。

不料，老马一家却商量了好多天，最终拒绝了牛大夫这番美意，理由是牛玲是农村户口，不吃商品粮。

最后，让马老大硬着头皮、红着脸送去了东挪西借的两千元钱，取回了牛大夫配制好的丸药。服后，马老二历经风雨，没有再发病，走上人生正常轨道。

牛大夫果然没有食言。

马老大此后经商却很不顺利,开大车拉货,车翻到山沟里;开饭店生意刚红火又遇到市政扩建强制拆迁;做花炮生意,进几十万元的花炮想春节大赚一笔,不想谁路过扔了一个烟头,点燃了炮摊,一下子炸响数十里;去农村包地种熟了几百亩庄稼,眼看丰收在望,一夜之间却被一群从大山里窜下来的野猪群啃了个精光……

一晃二十多年过去了。他又一次到省城精神病医院探望患病的朋友时,看到成堆的病人。痛苦的病人家属听到医生对亲属严肃地说:"不要乱投医,中医能治好这病,我们就该下岗了!这病是精神癌症,很难治好,许多人要终生服药呢……"

马老大一听很生气,冲上去对西医专家喊道:"胡说,中药能治好,一百天就能治好,根本不需要什么终生服药,你们医院想钱想疯了,坑害病人坏良心!简直是个无底洞!"那位专家一听就火了:"哪个中药能治?人在哪里?他能治我们就该下岗关门了!你有病吧?快叫保安抓住他隔离起来。"

他逃出那家大医院,痛定思痛,想起来当年牛大夫对他说的话,决心弃商从医。如果能请牛大夫来省城办医院,一定十分火爆,赶快让省城的专科医院专家们下岗,他师徒俩一定能够解除无数病人的痛苦。

第二天,他迫不及待地驱车数百公里赶到牛大夫村里找这位民间高手。

可惜斯人已逝,女儿牛玲早已嫁给他人。牛大夫因为医术后继无人,儿子又不孝,临终时一气之下烧掉了诊治疑难病的临床处方和经验总结……

听了牛玲的介绍,人到中年的马老大泪如泉涌。

天 眼

○王镜宾

"嗵——嗵——"

两声巨响,在城市清洁工阿三的耳边响起,把蜷缩在沙发上、正浸在梦乡里的他突然惊醒。阿三吓了一大跳,灵魂差点出窍。

"起来,起来,阿三,别睡啦,一会儿天就要亮啦!别脱岗啦,别让他扣你工资!"老刘头把他摇了几次都没叫醒,但一听说班长扣他工资,他一激灵就醒过来,阿三总觉得睡不够,感到像沉睡了一晚。这老刘真不赖,自己看着报纸替人守夜,也帮了阿三的忙,把他的瞌睡虫赶跑了。他揉了揉眼,起来对老刘头说:"谢谢,大哥,这是啥世道?有钱人吃饱了撑的,穿金戴银,吃饱了喝足了,不回家过年,反倒开着宝马、奔驰到酒店里找乐,又嫖又赌的,还叫你站岗放哨,真他妈的不公平!"

老刘头赶忙起身捂住他的嘴,压低嗓门儿对他说:"千万别这么说,人家有钱是人家的,咱别害红眼病。要是这酒店没有这些富人豪赌,谁给我发放哨钱呢?他们不住这大酒店,酒店赚谁的钱呢?酒店里这么多服务人员的工资谁发呢?快把这话咽回去,叫保安、老板听见了,再也不叫你进来休息、取暖,你还得去外边大街上风刮雨淋,冻成一根冰棒!"

"好吧好吧,咱一辈子就是这穷命!"阿三心里不服,但还是小心地看了看门口的保安,起身到卫生间方便去了。他洗了一把脸,清醒了许多。等他再回到大厅沙发上时,发现熬了一星期夜、为几个富豪赌放哨的老刘头终于顶不住了,像熬万能胶熬干老眼一样,也歪倒在沙发上打起了鼾。他过去打了几声招呼,老刘头睡得跟死猪似的。他待了一会儿,准备外出上街道迎接班长凌晨五点钟的检查。忽又看见老刘头一款漂亮的手机从衣袋中滑落到沙发上,听老刘说这是赌客给他专门买的好手机,平时连摸都不让他摸,他好奇地捡起一看,屏幕边有两个字"快撤"处在待发信息状态,他恍然大悟,难怪公安来过几次抓赌都扑了空,原来是几个大老板雇了老刘头当"消息树"。一见有警车进入,或便衣闯入,他一按发送键,赌客便逃之夭夭,但现在,这棵不倒翁一样的"消息树"熬倒了。阿三突然恼恨起有钱人,仇富的情绪一下子又涌上心头,他一把抓起手机塞入衣内。由于是第一次偷人家东西,他心里很紧张,按捺住怦怦直跳的心,强作镇静走出酒店。幸亏保安都很疲惫,打着哈欠,没注意他的表情。回到大酒店外的三轮车上,把车骑到背风处,把手机关机、取卡,放到路边一处花丛中,想等几天风头过后再拿回,拿回来自己也绝对不敢用,怕老刘头发现。他忽又想起老婆跟他结婚五年了一直没有手机,问他要了几次都没钱买,老婆奚落了他几次,这个从农村娶进城的年轻老婆很新潮,要跟上城市化进程和城里人看齐呢,他想,把这款手机送给老婆作为春节礼物,那样的话,老婆会笑成一朵盛开的蒲公英,夸他有本事!

"嗵——嗵——"

又是两声巨响,阿三又听到背后异物落地的闷响。"我的妈呀,组团跳楼啦!"他惊得骂了起来,该不是真的大酒店失火了,楼上的人们忙于自救等不到消防车来就急得跳楼了?他扭头向楼上看了看,看见一切正常,根本没有失火的迹象;他用力嗅了嗅也没有闻到烟火的味道;侧耳倾听,也没有听到消防车呼啸而来的警笛声。他停下脚步,抬头细看,忽然发现八楼上一个窗户打开又关上,关上可又打开,从灯火通明处不断扔出东西来。"妈的,别往大街上扔垃圾,酒店里有垃圾篓!"职业习惯让他误以为有人向他刚清扫干净的街面上扔垃圾,一会儿班长来了发现垃圾还要处罚他。他气急败坏向楼上骂了起来。

"妈的,你们这些有钱人、王八蛋,赌钱找小姐,败坏了社会风气,还要祸害我们这些下力人,别再扔东西了!"他看见人家又扔了一个垃圾袋,袋子像一只秃鹫,随着风声砸在他肩膀上,砸痛了他,他一个趔趄,坐到地上,气得他又抬高嗓门儿骂起来。骂了几句,对方没有反应。

"不对,这是什么?"他抬头再看时,上边八楼的窗户"砰"的一声已关闭了,他只好爬起来找扫帚、灰斗,抓紧打扫这讨厌的从天而降的"秃鹫",但他很快发现这散落一地的不是秃鹫和它的羽毛,而是一捆捆纸。他急忙捡起几张对着远处昏暗的路灯看了看,"天呀,是钱!"不是做梦吧,他又紧跑了几步,揉了揉眼,往前迎着几缕晨曦,再看,的确是谁也离不开的,又爱又恨、朝思暮想的大把钞票。他急忙环顾四周,好在街道上还没人没车,他赶快飞也似的跑到那些黑东西的旁边,逐一撕开,发现不是人跳楼的尸体,也不是垃圾,而是一捆捆散落的、整齐的现钞,足有几十万几百万,他高兴地惊叫一声:"天呀,老天睁眼了,我发啦……"

眼前一黑,他几乎栽倒在地上。定了定神,他站稳了,再扫了一眼四周无人,激动得心要跳出嘴巴,紧张得喘不过气来,几乎要窒息,张嘴便要兴奋得吐出五脏六腑,快,妈的,快,趁班长的检查还没到。"老子再也不怕班长罚钱了。"他狠狠地压低声音吼叫道。他手忙脚

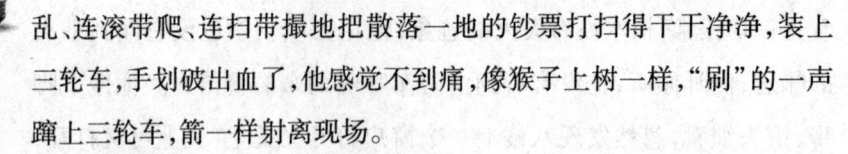

乱、连滚带爬、连扫带撮地把散落一地的钞票打扫得干干净净,装上三轮车,手划破出血了,他感觉不到痛,像猴子上树一样,"刷"的一声蹿上三轮车,箭一样射离现场。

这时酒店大院里,几辆警车的警灯无声地闪烁着,不一会儿,几个公安便衣从八楼押着几个豪赌客上了警车。

禁 枪

○李代金

拉拉马岛是一座小岛,只有十万居民。虽然人数不多,但也是一个国家:这里有国王,有大臣,有勇敢的卫队,当然,还有金银珠宝以及金碧辉煌的王宫。国王拥有最高的权力、最多的财富、最多的美女。人人都想当国王,享受王国的一切,包括臣民的顶礼膜拜。因此,这里时常发生政变。

国王拉尔特每天都提心吊胆,担心有人发动政变,夺取王位。他原本是一个大臣,就是因为发动了政变,才当上了国王。为了保住自己的王位,拉尔特增加了卫队的人数,并且给他们配备最精良的武器。看到自己的卫队队员一个个身强体壮、精神抖擞,拉尔特非常开心:这下肯定能保住王位了!

可是,拉尔特没开心几天就担心起来:要是卫队的人发动政变呢?他们一个个都是勇士,哪一个都可以置他于死地啊!这么一想,拉尔特就觉得自己犯了一个极大的错误,于是他把卫队的所有人都调去守卫监狱,重新挑选新人来当卫队队员。新队员个个身材瘦小,拉尔特却笑了:他们哪一个都不是自己的对手!

拉尔特对自己的卫队放心了,可是对自己的大臣却不放心,他担心大臣们造反。每一个大臣都有自己的卫队,而且民间还有不少武

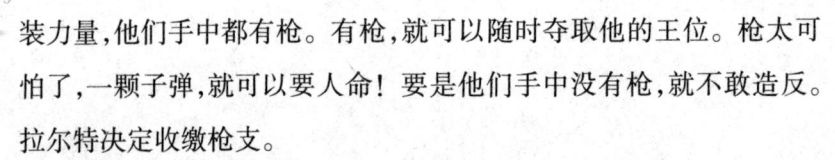

装力量，他们手中都有枪。有枪，就可以随时夺取他的王位。枪太可怕了，一颗子弹，就可以要人命！要是他们手中没有枪，就不敢造反。拉尔特决定收缴枪支。

　　拉尔特很清楚，如果没有正当的理由，收缴大臣们的枪支，就会引起政变。想来想去，拉尔特终于有了办法。拉尔特颁布了命令：我是一位仁慈的国王，我不希望看到我的国家发生流血事件，由于枪会要人命，因此，所有武装人员的枪支都得上缴，统一销毁，包括我本人的。

　　拉尔特的命令一颁布，大家都叫好，大家都希望安居乐业，所有的人都主动上缴自己的枪支，发现有人不上缴就举报。很快，全国的枪支都上缴了。然后，拉尔特当着臣民们的面，销毁了它们。这下，拉尔特放心了：谁都没有枪，想发动政变，根本不可能！

　　没有了枪，拉尔特的卫队看起来不像卫队，因为没有枪的卫队就没有威严，怎么办？拉尔特想到了木枪。于是他招来能工巧匠，制作了许多木枪，然后上了漆。这些木枪，看上去跟原来的枪一样威严，一样可怕——当然，射不出子弹。拉尔特看到自己的卫队重新拥有了枪，非常开心：从此他可以高枕无忧了！

　　拉尔特高兴得太早了，一个叫里多特的大臣发动了政变，他召集了他能召集的所有力量，对王宫发动进攻。他们手持木棒、菜刀、锄头，与拉尔特的卫队展开搏斗。与其说是搏斗，不如说是屠杀，里多特的人个个身强体壮，而拉尔特的人个个身材瘦小，他们的木枪连木棒也不如，很快就被里多特的人杀死了。

　　拉尔特看到自己的卫队队员一个个被杀死，十分后悔，不该换掉那些身强体壮的卫队队员，最重要的是，不该销毁枪支。拉尔特不想当俘虏，他跑上城楼，跳了下去。他死了，里多特进驻王宫，成为新的国王。

国王里多特觉得拉尔特销毁枪支的做法是对的，没有枪支，就不敢轻易造反，即使要造反，也得有勇士才行。里多特不会像拉尔特一样，把身材瘦小的人拿来当卫队队员，他用勇士当卫队队员。每一个队员，都是他精心挑选出来的，每一个队员都能以一当十。当然，他还是给这些勇士配上木枪，有了枪才有威严。

里多特以为自己可以高枕无忧，没人敢夺取王位，可是他想错了。一天，一个年轻人手持一把枪大摇大摆地走进王宫。他手中的枪，是真枪，他没有上缴，而是藏了起来。现在，他想当国王。卫队队员发现了年轻人，便叫他离开，年轻人手指一动，"砰"的一声，一名队员倒下，其他队员再也不敢动了，他们在真枪面前不堪一击。

年轻人顺利地当上了国王。每天，他都把枪带在身上。他知道，枪为他赢得了王位，他保住枪，就保住了王位。现在，整个国家，只有他才有枪。当然，他的卫队队员都有枪，但那只是木枪，它们射不出子弹，他们造不了反。可是一天夜里，年轻人被卫队队长杀死了，因为队长想当国王。他有枪，野心就是他的枪。

母亲的"电影"

○李代金

天旋地转，天昏地暗，母亲和儿子还没弄清楚是怎么回事儿，就被倒塌下来的房屋埋住了。一时间，四周都是哭声和呼救声。母亲哭了，儿子也哭了。儿子说，妈，我好痛，好痛！母亲知道，儿子受伤了。母亲也受伤了，她能感到自己正在流血，那是很重的伤。身上的那块水泥板，压得她动弹不得。现在，她已经知道发生地震了。她的心里不免担忧起来。她对儿子说，乖，不哭，不哭！

母亲是带儿子出来买玩具的，儿子还没选好玩具，就遇到了突如其来的地震。儿子当然不知道这是地震，儿子还小，连学都没上。儿子说，妈，我痛啊！好黑，我怕！母亲和儿子都被埋住了，只有一些缝隙透进一点点微弱的亮光。母亲说，别怕，有妈妈在，别怕。母亲又说，等会儿妈妈给你买很多很多的玩具！你别怕，别哭，我们这是在拍电影。拍电影你知道吗？

拍电影？儿子充满了好奇。就是电视上的那种电影？母亲说，是的，是的。现在，你和我都是演员，你明白吗？儿子笑了。儿子说，我明白。拍成了电影，那我们就能上电视，很多人都会看到我们，对吗？母亲说，是的，到时候，大家都认识你，很多小朋友都会和你成为好朋友的……儿子说，那就太好了！母亲说，我们一定要演好，所以，

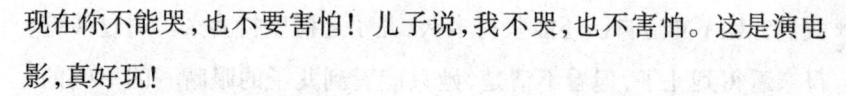

现在你不能哭,也不要害怕!儿子说,我不哭,也不害怕。这是演电影,真好玩!

母亲不由露出一丝苦涩的笑来。现在,她和儿子只能等待,等待救援人员的到来。在这段时间里,她和儿子只能保持镇定,保存体能。

天黑了,救援人员却还没有出现。母亲不知道外面的情况怎么样了,她想,有人来救我们吗?儿子已经睡着了,她不由轻轻地哭泣起来。她感到自己越来越疲惫,身体也越来越疼痛。她不知道儿子的伤情不重,儿子的呼吸稍稍让她踏实——儿子还活着。儿子还活着,她就不能绝望。

不知什么时候,母亲也睡着了。醒来,又看到了亮光。可是这时她感到身上凉凉的,她几乎认为自己已经死了,只是当疼痛袭来的时候,她知道,自己还活着。她听到了雨声,下雨了。她的心紧张起来。这时,儿子也醒了,儿子说,妈,我好冷,好冷!母亲说,别怕,别怕!这是拍电影啊……儿子说,还要拍多久啊?我饿了……母亲说,再等等,电影就拍完了,到时候,我带你去馆子吃饭!儿子说,我不想拍了,我冷……母亲说,就快好了。你坚持一下,好吗?儿子说,妈妈,是不是拍电影都不吃饭,都这么可怕啊?母亲说,是呀!我们这电影很精彩,到时候大家都会喜欢你的,说你像英雄。儿子说,我就要当英雄,就要当英雄!母亲说,别说了,我们要保持安静,不要打扰了拍电影!于是儿子不说话了。

雨一直在下,哗哗哗,漏下来的雨水越来越多,越来越多,母亲和儿子的全身都湿透了,冰凉冰凉的,但母亲和儿子还是一动不动。他们几乎动不了了,能动的,只有嘴巴。雨水漏下来,漏进他们的嘴巴,他们一点点地往下咽,都不说话。他们都不想说话,每说一句话,都会让他们感到特别疼痛。

天,又黑下来了,母亲感到了绝望。为什么到现在还没有人来救我们？她不知道自己还能坚持多久,儿子还能坚持多久。透过砖缝,母亲看得到儿子,但看不清楚,她只能看到儿子的眼睛一闪一闪的。儿子什么都不清楚,儿子一切都相信她呀。她对自己说,你要挺住,挺住,你是一个母亲!

天亮的时候,母亲被惊醒了,她听到了走动的声音,还听到有人在呼叫,她笑了——救援人员来了。她大叫起来,我们在这儿……她用尽了全身的力气——她怕救援人员听不到。救援人员听到她的叫声,说,我们来救你们,你们再坚持一下!儿子也醒了,儿子说,妈,有人来了!母亲说,我们的电影马上就拍完了,你别怕!儿子说,妈,以后我们不再拍这样的电影了,好吗?母亲说,好……

半个小时后,母亲和儿子被成功救出。儿子看到许多官兵,说,这么多人拍电影啊!

有人惊奇地说,拍电影?母亲把一切都告诉了大家,她说,我不想让孩子害怕,不想让孩子绝望,我只能告诉他说这是在拍电影!年轻的母亲说完,突然放声大哭起来。这场"电影",让她感到害怕,差点崩溃。但无疑,她是一位优秀的演员,一位优秀的母亲。

父亲的推荐信

○李代金

朋友大专毕业回到城里,开始四处找工作。他运气好,一回来就遇到一家待遇高工作环境好的公司正在招聘。他一得知这个消息就赶紧跑去报了名。虽然要求大专文凭就可以,但是当他报了名出来和别的应聘者一交谈,他就失望了。别的应聘者至少是本科文凭,他一个大专生,要脱颖而出,除非太阳从西边出来。

回到家里,父亲见他愁眉苦脸,一言不发,便问他,怎么了?那家公司不要你吗?他说,不是!去报名参加应聘的人大都是本科以上文凭,我肯定没希望了!父亲听了笑着说,怎么会没有希望呢?告诉你,我跟这个公司的老总有一面之缘,还在一起吃过饭……他听了不由一喜,连忙说,爸,你怎么不早说?那你就去找老总说说情,让他给我一个工作吧!父亲说,我会帮你说情,只是你还是得去参加笔试和面试。你好好笔试,等面试的时候,我给你一封信,你带去交给老总。老总见了我的信,你就能顺利通过了!他听了很高兴。

第二天,他信心百倍地去参加笔试。笔试的内容并不很难,他做得得心应手。而那些本科生,倒做得一脸苦相。因为笔试的内容并不与学校所学内容相关,这给其他应试者造成了不小的心理压力。而他知道父亲与公司老总有交情,考得很轻松。

下午,他跑到公司大门口看成绩。他居然排在第二,有机会参加面试。他回家高兴地对父亲说,爸,我名列第二,有机会参加面试。你写好信了吗?父亲听了高兴地对他说,孩子,你放心,明天一早我一定给你一封信!

第二天一早,父亲拿出一封信,对他说,这是我给老总的亲笔信,到面试的时候,你就交给他,他就不会为难你了!他兴奋地从父亲手中接过信,高兴地出了门。

当轮到他面试的时候,他拿出父亲给他的那封信,镇定自若地走进老总的办公室。老总对他说,您好,请坐!他说,老板,您好!这是我父亲给您的信!他说着就走上前,恭恭敬敬地把信递到老总面前。老总一愣,接过信,拆开看一眼,就笑着对他说,很好,我们开始吧。他听了也很高兴,看来父亲的信有作用啊!老总问了他几个问题。因为有父亲的信,他发挥得特别好。结果他顺利通过面试,可以到公司报到上班。

他回到家,兴奋地对父亲说,爸,你的信太管用了!老总看了你的信对我很有好感,只向我提了几个问题,就让我明天去公司上班!

父亲听了就笑了起来。

他又对父亲说,爸,以后我上班了,你也要经常跟老总打打招呼,让他多多关照我!

父亲听了又笑起来。他问道,爸,你笑什么?

父亲笑着对他说,孩子,其实,我根本就不认识那个老总!我一个普通老百姓,怎么可能认识一个有钱的老板呢?

他听了不由一惊,问,爸,那你的信是怎么回事儿?父亲笑着告诉他,我只不过是为了给你打气,增加你的自信而已。那封信只写了一句话:请相信我的儿子,他真的很棒!

他听了又是一惊,继而也笑了,说,爸,你可真行啊!

无法寄出的信

○王金平

他坐在写字台前,望着对面的墙发呆。

西边房间里,传来儿子翻看杂志的声音。

他的脸上显得有些忧郁,因为他想起了父亲,把儿子从医院里背了回来,父亲的身影就在他脑海里闪现,而且越来越清晰,不知什么缘故,他想给父亲写一封信,于是他拿出了笔。

"父亲……"他在信纸上写道。

他清楚地记得,在他十二岁那年暑期的一天,他和小伙伴们在东洼水坑里玩水时,锋利的石片,将他右脚拇指划伤。父亲顶着烈日,把他从东洼背了回来。他趴在父亲的肩上,看到父亲黝黑的脸上,淌下一粒粒晶莹的汗珠。回到家里,父亲让他坐在院里大柿树下的石头上。父亲从赤脚医生那里,买来了酒精和药棉。在给他清理伤口时,父亲心疼地说,多深的口子,都露见骨头了,歇几天吧!说完,给他包扎了伤口。后来的几天里,也都是父亲亲自给他的伤口消毒、包扎。

爸爸,我要去厕所。儿子在叫他。他放下笔,把儿子背到厕所,一会儿又背回床上。

半个小时前,他刚从医院把儿子驮回来。上午他下班刚回到家里,和儿子在一块上学的小邻居,就跑来告诉他,在放学回来的路上,儿子不小心跌了一跤,脚脖子疼得不能走路了。他推上车子,急急忙忙来到菜市口,见儿子坐在人行道上,一只手攥着脚脖子,满脸的痛苦。他询问了情况后,把儿子放到自行车后座上,驮回了家。他打电话请了假,然后用自行车驮上儿子。到医院,正好是上班时间,他背着儿子看医生、拍片子、上药。他嘱咐儿子说,你已经长大了,以后不能再毛毛躁躁的了。

他走回写字台前,拾起笔。

他清楚地记得,每年伏天,父亲都要到山坡上槐树林捋槐叶,一枝挨一枝,一树挨一树,哧——哧——捋槐叶清脆的声音,响彻在山林中,半天下来,两只手都绿了。那些日子,家里到处都是槐叶,房顶上、院子里晒的是湿的,屋里头麻袋里塞的是干的,虽然才五分钱一斤,但那时,卖槐叶是家里的主要收入之一。另外,每年父亲还要到大山上刨药材,早出晚归,带着干粮,渴了喝山上的泉水,有时带的干粮不够吃,就用野果子充饥。柴胡、黄芩、远志,父亲回来时,挎篓里总有几种药材。他和哥哥上学用的钱,就是父亲卖槐叶、卖药材挣来的。不知为什么,哥哥上完初中,就下地干活了。他上完高中,又上了大专。毕业后被分配到城里。

爸爸,我要吃冰糕。儿子又在喊他。他打开冰箱,拿出印着"蒙牛"的塑料小包,他把它递给儿子。

他又坐回写字台前。

后来他结了婚,有了儿子。母亲去世后,父亲衰老得很快。为了表示他的孝心,他把老人接到了城里。父亲在城里住不惯,没多久就又回到了乡下。父亲闲不住,仍然去地里干活,但父亲毕竟老了,手脚不利落。一次冒雨回家时,滑了一跤摔成骨折,住进了医院。在医院里,父亲又得了脑血栓,留下半身不遂的毛病。父亲出院后住在他

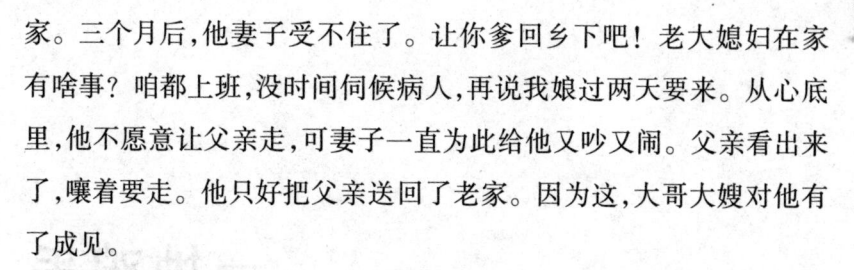

家。三个月后,他妻子受不住了。让你爹回乡下吧!老大媳妇在家有啥事?咱都上班,没时间伺候病人,再说我娘过两天要来。从心底里,他不愿意让父亲走,可妻子一直为此给他又吵又闹。父亲看出来了,嚷着要走。他只好把父亲送回了老家。因为这,大哥大嫂对他有了成见。

半年后,他接到法院送来的手续。是父亲把他告上了法庭,原因是赡养问题。

在这半年时间里,他只回去过两次,提了点东西,并没有留钱。可他知道,父亲治病需要钱。妻子掌握着家里的财政大权,要了几次,妻子愣是不给他,说是在医院里在家里住时,花的大都是她的钱。他也知道,告他并不是父亲的意思。他理解大哥大嫂的心思,他们在乡下手里没几个钱。不管怎样,每月他都有固定的收入,比大哥大嫂家庭状况强多了。

开庭时,大哥大嫂作为父亲的代理人,说得他无地自容。他在心底里对他们恼怒了。我不管父亲了,真的不管了,你们不是孝顺吗?你们管吧!他拧起了脖子。判决、申请执行,他被传到了法庭。法官给他谈心。在法官第二次给他谈心时,他的脑筋开了窍。他把从前欠的赡养费全部交给了法官。他准备去乡下探望父亲。

"父亲啊!我悔恨自己。你的二儿子向你忏悔!"他在信的结尾这样写道。

他把信折叠起来,装进信封里。可他无法将这封信邮寄出去,因为他父亲在一个月前,带着遗憾离开了这个世界。

一地鸡毛

○王金平

　　李文峰正在办公室阅卷，听到外面一阵吵闹声。

　　肯定又是仇家相遇，分外眼红。

　　李文峰走出办公室，见不远处一个陌生的中年妇女和一个陌生的年轻妇女唾沫飞溅，双方还各有几个喊阵助威的。

　　是不是昨天通知来法庭的当事人？李文峰想。昨天，他从书记员手里接到两个伤害赔偿案子。华秋菊诉闫山桃伤害赔偿案是4月18号立的，仅隔一天，在4月19号闫山桃又起诉华秋菊伤害赔偿，双方都是原告又都是被告。李文峰刚刚看的就是这两案的卷宗。今天通知他们来，是向他们下达法律文书的。

　　李文峰上前制止了她们的吵闹，又让华秋菊和闫山桃到法庭分别领取了起诉书等手续。从言谈中，李文峰了解到事情发生的来龙去脉。

　　冀家村的华秋菊和闫山桃是邻居，原来两家的关系一般。一天，闫山桃到茅房里解手，发现房后自家的麦地里，有一只鸡在啄麦苗，春天麦苗正返青。她气不打一处来，顺手拾起一块石头向鸡投去。鸡扑棱棱飞了几下，咕咕咕惊叫着跑走了。鸡毛在空中悠悠地飘下来，落了一地。恰在这时，华秋菊端着脸盆从河里洗衣裳回来，看到

了这一幕。

华秋菊高声说,山桃,你这是干啥?把鸡撵走就是了,朝死里打?正下蛋,鸡有了毛病再说!

闫山桃正在气头上。闫山桃说,啄人家的青苗,就得打它个一地鸡毛,下回再见去地里,我还要炖鸡肉吃哩!

她俩虽是婶婶和侄媳关系,可话不投机,两人吵了起来,接下来又扭打成一团。闫山桃男人听到了,出来拉偏架。闫山桃趁机动手打了华秋菊。都咽不下这口气。华秋菊住进了医院,闫山桃也住进了医院,两家各花医药费2000多元。

李文峰试图调解,但两人刚吵过架,还在气头上,嘱咐一番就让她们回家了。

几天后,她们再次走进法庭。华秋菊担心势单力薄,让闺女和女婿陪着,闺女在法庭上摆出一副誓不罢休的架势。闫山桃也不示弱,带来了自己的弟弟,身后像是跟着一个保镖。针尖对麦芒,谁也不让谁。

看来要消除两家的隔阂,要找对突破口。

那天,临近中午时,一个村子里光屁股长大,现在档案局当股长的李长青找来了。李长青说,我打这里过,顺便看看你,中午我请客。

是谁托你来的吧?李文峰猜得出。不过到我这里,自然我管饭。

毕竟是老乡,到了中午撵人家走,不合常理。李文峰到饭店要了酒和菜,对李长青说,你喝酒,我只吃菜。

果然,李长青是闫山桃托他来说情的。李文峰说,我领会你的意思,不过许多当事人,可能一辈子就打一次官司,法官咋断案,他会记上一辈子的……你应说服闫山桃。

李长青被李文峰说得频频点头。

下午,镇文化站邹站长走进了李文峰办公室。邹站长开门见山问,华秋菊的案子你打算咋处理?

邹站长是华秋菊的拐弯表兄妹。

李文峰说,法庭受理的大都是鸡毛蒜皮的案子,看上去琐碎的小事,如果处理不好,很容易一天起诉讼,世代结怨仇……

邹站长不愧是文化站的站长,一听就明白,他主动提出要做华秋菊的思想工作。

邹站长问,一天到晚倒弄案子,你喊我哭的,烦不烦?

李文峰笑笑。说实在话,有时心里咋能不烦,处理老多问题,在自个家里也没费过那心劲,可当一名法官,要宽容、理解、耐心和尊重,既要分析、沟通,又要控制和决断,要合法,又要稳妥。

几天后,双方当事人又来到法庭,她们的男人也都跟来了。

李文峰先给华秋菊谈话。你是大辈儿,要有一个大辈儿的样儿,和侄媳妇打架,不成体统。李文峰说着,给华秋菊男人递了个眼色,华秋菊男人心领神会,忙上前相劝。

华秋菊男人一双布鞋底上,沾了一层厚厚的黄泥,地板上早已被他踩成了彩色地图。他坐在长椅上,一边劝媳妇一边抽着旱烟,不一会儿弄得屋里云雾缭绕的。望着这个老实巴交的农民,李文峰边笑边擦着被烟呛出来的眼泪。

李文峰又叫来闫山桃两口子。他对闫山桃男人说,两个女人打架,你拉偏架,不尊敬长辈,以后看你还咋在村里混!

闫山桃男人脸上有些架不住。是我不对,我给婶子道歉。

李文峰看到火候已到,说,你们为了这点小事,打架住院斗气,花了那么多钱,弄不好还会影响几代人的和睦,这样斗下去,值得吗……

这般那般的一番讲述,说得华秋菊和闫山桃都低下了头,脸上都露出后悔的表情。当着大家的面,她俩都向对方承认了错误。

两家都撤了诉。办完手续,李文峰说,以后遇到了事,别忘了那

一地鸡毛！

　　大家先是一愣，继而他们明白了似的都笑了。接下来屋里传出了一阵轻松的笑声。

一杯没有思想的水

忠 言

○王金平

听说法院的案件进行流程管理。都立案两天了,谁主办我的案子呢?方石鱼心里觉得极不踏实。

这些天满脑瓜都是官司。一辈子没上过法庭,不想老了摊上这事,自己当了原告。

方石鱼告的不是别人,而是自个儿的儿媳。

起诉前,方石鱼到"肯定赢"律师事务所仔细问过,戴着一副近视眼镜的小个子律师,非常肯定地告诉他,官司一定能赢!

主办法官很关键!方石鱼捏着诉状要走出律师事务所的时候,律师的话着实让他心里敲了一阵小鼓。

方石鱼又跑到桥西法院立案大厅,得知他的案子已经转到了民一庭。

民一庭庭长告诉他,杨法官负责此案,杨法官就在对门办公。

方石鱼没去找杨法官,他径直下了楼。他想先摸一摸情况。

方石鱼听朋友介绍说,杨法官叫杨友山,年轻时也在邢钢公司工作过,到法院已经二十多年了,他为人善良,性格耿直。

第二天下午,方石鱼来到了杨法官办公室。杨法官热情地接待了他。

我的案子8月16日开庭？方石鱼问。

是的，你接到传票了吧！杨法官说。

接到啦！接到啦！方石鱼连忙点头。杨法官在邢钢公司待过？

待过几年。杨法官回答。

我原在邢钢公司销售处，是从处长岗位上退下来的。方石鱼笑着说。

你看，我们都在一个公司待过，我正准备联系让你来一趟，没想到你就来了。杨法官面带微笑说。

方石鱼听了，觉得俩人的心一下拉近了许多。

我的案子问题不大吧？方石鱼问。

我觉得能不能换个角度去看这件事？杨法官没正面回答他。

一年前，方石鱼的儿子，遇车祸不幸身亡。白发人送黑发人，方石鱼就这一个儿子，对他的打击是可想而知的，幸亏他有个好老伴，让他很快从悲痛中解脱了出来。方石鱼十多万元买的单元房，房产证办在他的名下，如今儿媳还住着不想腾。是要让他人财两空吗？

我要收回我那套单元房。方石鱼说。

方石鱼细细考虑过了，儿媳才26岁，如果儿媳一直住在这里，多少年后，这套单元房落在谁手里还说不准呢。孙子要他母亲抚养，这个道理方石鱼懂得。房子是他的，只要要回房子，儿媳和孙子惦记着房子，才能想着他。方石鱼有方石鱼的道理。

半个小时后，书记员来叫杨法官合议案件。临走时，杨法官要方石鱼回去再细细想一想。

我已经想过了。方石鱼梗着脖子说。

方石鱼感冒了，浑身无力，头痛得厉害。他只好去打吊针。

方石鱼想儿子了。虽然老伴一直陪着他，但儿子是儿子，谁也代替不了。可儿子不在了。他的心又转移到孙子身上。他托老伴给儿

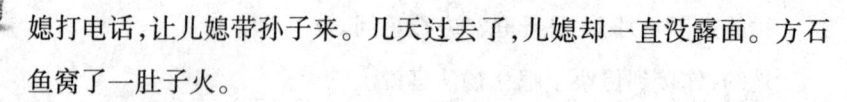

媳打电话,让儿媳带孙子来。几天过去了,儿媳却一直没露面。方石鱼窝了一肚子火。

方石鱼病愈后,找到杨法官说,你就甭调解了,直接开庭判吧!

实际上,儿媳没去看望方石鱼是有原因的。方石鱼儿媳是一名会计,她所在的那家企业,最近搞财务审计,再就是他孙子受了风寒,这几天一直在吃药打针。

杨法官把这个消息告诉给方石鱼。方石鱼听不进去。儿媳领着孩子上门,被方石鱼堵在门外。

那天杨法官打来电话,请方石鱼去一趟法院。

方石鱼去了。见面后,杨法官交给他一个信封。

方石鱼回到家,从信封里掏出信纸,戴上老花镜,只见信纸上写道:

方石鱼同志:

你的这起财产纠纷,经常让我陷入沉思。

你们用多年的积蓄购置了那套新房,让你儿子婚后使用。可以说他们的小家庭是幸福的,你们的大家庭是幸福的。可惜的是,你儿子遇到了车祸。对于这灾难谁都不希望发生。我知道,不管谁遇到,也难以承受这种打击。你承受着,你的儿媳同样也在承受着,甚至她比你承受的打击还要大,毕竟她选择了你儿子,她的初衷是要跟他过一辈子的,可他们在一起只过了短短几年的时间,他就撒手而去了,留下一个不到3岁的孩子。今后她要面对新的生活,也许是艰辛的生活。原来是两个人,以后她要一个人去抚养孩子,吃穿住行教育,当然你们也要关心你们的孙子,可谁也代替不了他的父母,就像谁也代替不了你的儿子一样。

诚然,你购置的那套房屋,是为了你的儿子,同样也是为了他的小家庭。你说过,如果你的儿子还在,肯定不会有这场纠纷的……

或许发生的不幸,让你变得敏感起来。或许你的儿媳对你们的态度有所变化,或许以后她要再嫁,可无论你的孙子在哪里,你的孙子永远都是你的孙子。现在你要把他们撵走,要他们到哪里住?

你们老两口都有退休金,每月花不完,剩下一多半。你们已到古稀之年,积攒那么多钱财做什么?

…………

羊有跪乳之恩,鸦有反哺之义。作为高级动物的人就可想而知了。我想,你的儿媳也不会例外吧?

忠言逆耳。请你三思!

…………

方石鱼连续看了两遍。他深深陷入了冥想之中。晚上又看了两遍。他一夜未眠。

第二天上午,方石鱼来到法院,他把一份申请交给杨法官。方石鱼想好了,官司不打了,他决定撤诉。

一杯没有思想的水

孤女认母记

○李抗生

寨子沟小学落成并开学后一个月,校方收到一张四百元的汇款单,汇款人姓名:慈善家;汇款人地址空缺。附言上写着:"给一名孤儿学生,每月资助,直到他参加工作。不用回信,不用找我。"

校方说,这位女慈善家真是个大善人哪,学校就是她捐建的,现在还要捐助一名孤儿学生。学校就一名孤儿,叫上官晓红。

上官晓红是一名弃婴,在孤儿院长大,姓名都是孤儿院起的,姓起个"上官"好听些,名字中有个"红"字,象征意义好一些。院长说,姓名上不能再委屈这名弃婴了。上官晓红从小就懂事,她聪明伶俐,又爱助人,是个人见人爱的好女娃,许多家长要领养她。她说:"亲生妈妈都不要我,我还要别的妈妈干啥?"还有一些金发碧眼的西方人也要领养她,她的小脑袋更摇得像个拨浪鼓:"中国好好的,我到外国去干啥?中国妈妈我都不要,外国妈妈,我更不要!"小小年纪就有这么强的自尊心和民族认同感,除了更加怜爱她外,院方从此再不跟她提领养的事了。

孤儿院的文化班只办到三年级,于是上官晓红就转学过来了,上四年级,住在寄宿部。她知道有一位慈善家在资助她,她觉得最好的感恩就是把书读好,将来大学考到 J 省 N 市去,再去面谢那位慈善家。晓红人穷志不穷,学习特别勤奋,成绩优秀又稳定,一路顺利进初中和高中,慈善家的资助也一路攀升,初中500元,高一600元,高三900元。

她终于考取N市的一所"985工程"大学。在学校里安顿好后,她决定去面谢那位慈善家,她想,她考取了"985工程"大学,慈善家会感到欣慰的,因为她浇灌多年的小树,终于绽开了小花。

慈善家并没有给她留下任何联系方式,但慈善家名气很大,她还是找到了她家。这是一栋花园别墅,门卫问过她姓名后和主人联系了一下。慈善家说不认识她,她又说她是寨子沟小学的,慈善家说请她进来。

她当着面,千恩万谢慈善家多年来的资助。慈善家一脸茫然。她说,她捐建寨子沟小学是事实,但她从未捐助过任何学生,这也是事实。轮到上官晓红一脸茫然了,这到底是怎么回事儿?慈善家说,你还是到邮局去追问个清楚吧。

她拿出最近一次汇款单复印件给邮局看,请他们查一下汇款人的情况。邮局说,这位汇款人每月按时来寄钱,四十多岁模样,女性,打扮简朴。"姓名栏"她叫邮局随便填,地址也不报。邮局就给她填了个"慈善家"。邮局说,大款穿得像叫花子的都有,多年来她寄钱从没间断过,就证明"慈善家"当初是填对了。

到哪里去找她呢?邮局有个工作人员忽然说,有一次她寄钱时,身上穿着工装,工装左臂上有两个外国字"HW",这是不是她单位的符号?现在中国的东西都爱标外文了,弄不清是中资还是外资企业,你破译一下这两个外国字,也许能有些收获。

"工装""HW""打扮简朴",在上官晓红的脑子里,外文、中文、拼音、组合、分解、联想、逻辑推理等方法快速地搅动着。她很容易想到了一个部门,却又立即给出了否定:"慈善家会做这种工作吗?"但她不想失去一次机会。于是,她问,附近有环卫部门吗?答案是肯定

的,在不远处有个环卫所。

上官晓红把来意和慈善家的外貌年纪说了一下,环卫所的领导说,那只有是她了,又自问道:"怎么会是她呢?我们先去问她一下再说。"

在一条街上,一位环卫女工正在扫地,穿着工装,左臂上的"HW"赫然在目。天气炎热,她戴着一顶破旧的老式大草帽。环卫所的领导问道:"陈大姐,每月给学生寄钱的是你吗?"陈大姐脱下草帽,默默地点了点头,才四十几岁,头发却已半白。她看到领导边上站了个像学生模样的人,就知道是怎么回事儿了。

上官晓红不知该怎么称呼慈善家,最后,她选用了一个最崇高、最温暖的字眼儿:

"妈——我看您来啦!"走上去紧紧地抱住环卫女工,上官晓红泪如雨下。

陈大姐将领导和上官晓红请到了家里,高楼林立的N市竟有这样破败的棚户区,上官晓红觉得乡下的房子也比这里好。陈大姐讲了事情的经过,她叫陈四斤,半文盲,早年生过一女婴,被偷走后至今下落不明,丈夫也因此积郁成疾,英年早逝,她孑然一身至今。有一年,她在家中的黑白电视机里看到一条报道,本市的一位女老板在G省的大山深处,捐建了一个叫"寨子沟"的小学。她捐不起一座小学,她可以捐助一名学生,但要孤儿,因为孤儿最可怜,她被偷走的女婴,现在活着的话,应该也是个孤儿。

"妈,您就是我的亲妈呀!那年我被偷走后,又被人扔在好远好远的大山里。现在我来认您啦!"上官晓红又一次泪如雨下。

陈四斤无语,她望着上官晓红,眼神悲苦而迷茫。

"等我大学毕业后,就来养您!"

"我不要你养,我自己能养活自己。"

"那我从现在起就和您生活在一起,谁也不能再偷走我了!"

绣娘和男人

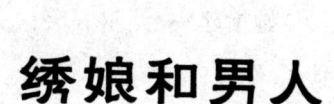

○李抗生

"绣娘画",还是大额现金?男人选择了前者。

这幅画是他家的传家宝,上个世纪一位大师的作品。他请某权威鉴赏家鉴定真伪和估价。鉴赏家拿着放大镜,将画检查了好几遍,仔细和认真得像在搜寻细菌和病毒。检查毕,鉴赏家斩钉截铁地说:"这是大师的真迹,起拍价应在120万到150万之间。"

男人现在很需要钱,他从大学表演系毕业已有多年,至今失业在家。但他不想卖画换钱,倒并非因为心疼他的传家宝,而是他喜欢上了画中的绣娘。

男人每天要在画前凝神良久,画中绣娘的美貌,她的发型、她的服饰、她的鞋型、她的绣姿,还有她手中的绣具和绣品,全都让他着迷,他浮想联翩,夜不能寐。

一天早晨,男人起床后,发现房内多了一个人,一个女人,一个年轻美貌的女人,他吃了一惊,再仔细一看,是绣娘,于是,大喜。

和画中完全一样,绣娘梳着刘海儿,齐颈短发,上着中式边襟白底紫碎花布衫,下穿齐膝黑裙,足登有鞋襻儿的黑色布鞋——上世纪二三十年代女大学生的全套打扮。她含笑微低头,娴静地端坐在椅子上。

当然,她比画中的绣娘更动人,她有着画中没有,也不可能有,只有活人才能有的一切:眨着睫毛的眼睛,动听的声音等等。

男人问她:"你是绣娘吗?"

她抬起头,莞尔一笑:"是的,我知道你很喜欢我,我下来和你做伴了。"

"我养不活你。"

"我不要你养。我会刺绣,还是双面绣,可以卖钱。绣具、布料和丝线我都带来了。"

男人再去看墙上的画,画面已成空白。他将画取下,卷成筒,收藏保管。

从此后,绣娘每天在家刺绣,男人负责在外销售。他出门前,必定要在绣娘面前凝神良久,看她的美貌、她的发型、她的服饰、她的鞋型、她的绣姿,还有她手中的绣具和绣品,仍像在观赏"绣娘画"一样。接着,再上前抱她、亲她。

绣品所换来的钱,让他俩温饱有余,生活无虑。餐桌上,每顿都是可口的饭菜,绣娘炒得一手好菜。男人有了一种要溢出来的满足,他对自己说,他是世上最幸福的人。

男人也有不满足的事,那是对着自己的。他不满足自己只能当个绣品推销员。他应该成为演员,他学的就是这个专业。

一天,他在网上看到一则招聘广告,某影视公司要拍一部电视剧《绣娘之家》,招聘男女演员。应聘者需经过笔试、口试和演试。他高兴得差一点晕倒,竟这样巧,这部电视剧,他天天都在试演,应聘去演试,岂非小菜一碟?笔试和口试更不在话下。

他真的通过了三关,还被选为男主角。他开始了演员生活,待销售的绣品被他晾在一边。

渐渐地,每天,他伫立在绣娘面前的时间越来越少,后来干脆就不看绣娘了，径直出门，一走了之。绣娘理解他，演员工作忙，时间紧。再后来，他持续多个晚上不回家，绣娘理解他，因为晚上也要排演，但他也该给家里打个电话，告诉一声吧。

终于有一天，男人回家了，看到绣娘，他面无表情。当他进卫生间时，他放在拎包里的手机响了，响了多次，绣娘想，必定有重要的事，她得替男人先看一下，免得误了他的事。于是，打开手机，是一条短信：

"亲亲：和那个老式女人赶快离了吧，我俩光做剧中夫妻多不过瘾呀！永远爱你属于你的咪咪。"一下子，绣娘对过去、现在和将来的一切，全明白了。

次日，男人醒来后，发现绣娘不见了，他并不惊慌，或许这正是他所期待的。但是他想知道，她到哪里去了呢？他想到了画。

他取出"绣娘画"，打开一看，绣娘又回到了画中。面对画中人，他竟得意忘形地讲起了英语："Very good！Thank you！（非常好！谢谢！）"还向画中人竖起大拇指。

他和咪咪准备到国外举行豪华婚礼，这需要一笔高昂的费用，如果他拿不出这笔钱，他就别想碰咪咪的一根毫毛。

他又拿画去请那位鉴赏家估价，根据现时的行情，这幅画应该升值了，他想。

鉴赏家又用放大镜，将画检查了好几遍，仔细和认真得又像在搜寻细菌和病毒。检查毕，鉴赏家斩钉截铁地说：

"画中人有位移后又复位的痕迹，她的眼里还满含着泪水，这已成了一件赝品！"

一杯没有思想的水

板栗大战

○李抗生

  金色的秋天到了,板栗树绽放着浅黄色的花朵,虽淡雅好看,气味却不太好闻,淡淡的碱涩味,但这无关紧要,居民看重的是它们的果实,那才是可到手的实惠呢。

  小区内遍种板栗树,往年,只有树下铺满了缤纷的落英后,摘果大战才开始。今年,花朵还挂满着枝头,性急的人就开始行动了,他们以家庭为参战单位,有劳力的负责击打树枝上的果实,工具有晒衣竹竿,也有用各种质地的——金属的、木制的、竹制的棍子、扫把等接长组合。其他成员就将落地果实捡入桶中。捡果实的都戴着帆布手套,长满绿刺的外壳,圆圆的像一个个缩成一团的婴儿小刺猬,天生害怕人们去伤害它们。和遍地婴儿"小刺猬"一起的,还有陪葬品——被提前置于死地的花朵。

  既然是大战,每棵树总有几家人围着,几根杆子在树枝上同时作业,同时打在一根枝桠上,枝桠被打成骨断皮连,像断臂一样地垂吊着;有的被打断后掉落到地上;还出现一根杆子打在另一根杆子上,组成一个"X"形,被打的那根杆子愤愤地说:"你不打板栗,打我干啥?"另一根杆子说:"我是打板栗,你不走,只好挨打了。"打下来的果实,李家说是自家打的,张家说是自家打的,最后是哪家捷足先登,就

算哪家的。

参战的家庭越来越多,都感到"形势逼人","落后就要吃亏"。平时人迹稀少、环境幽静的小区,一下子变得空前热闹,有些人欢呼说:"我们小区的人气好旺呀!"

他感受到的却是疯狂的贪婪与自私,他愤怒了,作为业委会成员,他要求物业进行制止。物业说:"板栗树本来就是全体业主的,业主摘果实天经地义,再说,不摘,烂掉了,不也浪费了吗?"他反问道:"国有银行本来就是全民的,老百姓到金库里任意拿钱也是天经地义的吗?"物业又反问道:"那你说怎么办?"他说:"应该先制止,再统一采摘,在市场上出售后,作为物业和业委会的经费。"

物业开始干涉了,采摘者有的反问道:"板栗树本来就是我们业主的,为什么不能摘?你们物业倒是不能摘的。"有的反问道:"大家都在摘,为什么我家不能摘?"物业无可奈何。他又提议,树下插一块牌子:"禁止采摘,违者罚款500元"。物业照办,但采摘者不予理会:"要罚先罚带头的。"物业又如何去找那个带头的?更怕太得罪了某家,他们借故不交物业费。

居民们将最好的板栗留给自家,剩下的出售后换钱。以板栗唱主角的菜肴纷纷登场,有板栗炖鸡、板栗炒鸡块、板栗红烧肉……小区内到处飘香,他的家被这股诱人的香味包围着,推开窗子,闻到这股香味;推开门,楼道间也飘逸着这股香味。

这股香中带甜的气味,他闻着确实舒服,若能吃上一餐,岂不更是一种享受。用这种上等的原料,作为星级宾馆的烹饪大师,他该能做出何等丰盛的板栗宴啊。他的手感到痒痒的了,他的妻子也力挺他赶快动手。但他仍按兵不动,他是业委会成员,他不能这样做,他要抵得住诱惑。

树上的板栗所剩无几了,采摘者没一个人受到惩罚,即使是象征性的惩罚。他既是业委会成员,更是居民中的平等一员,这对他而言,太不公平,他感到吃了亏,受了侮辱。妻子再一次催他做最后一搏。

一个星期天的早晨,他的一家三口出动了,他们来到一棵板栗树下,他那读小学的儿子问道:"干什么?"他说:"你从小会爬树,你爬到树上去摘板栗,这样可以多摘些。"儿子说:"这里有警告牌不能摘,老师也说过,不能破坏公共财产。"他说:"警告牌是给小区外面人看的,这些树是属于我们居民的,可以摘。"儿子似懂非懂,犹豫不决,正准备爬树,他突然发现儿子脖子上还系着红领巾,赶忙叫儿子取下,塞在口袋中。

儿子边摘边丢,他夫妻俩在地上捡。这时又来了几家人,他们用竹竿打,不知是其中的一根还是几根同时打在他儿子的身上,儿子惨叫一声,抓着一根枝桠,掉了下来,身体正好砸在警示牌的尖角上,他发出了一声更惨烈的哀鸣,昏死了过去。

惨剧发生了,谁是谁非,谁负全责,抑或谁负主责,谁负次责,人们众说纷纭,莫衷一是。有的人甚至扯到了房地产开发商,说:"这位老板不知搭错了哪根神经,小区又不是你独家私宅,要种这劳什子果树干啥呀?"

半个鸡蛋

○衣袂

有钱没钱,剃头过年。在农村,正月里是不许剃头的,剃了头,不是妨碍舅家就是伤害自身,总之是件很不吉利的事。

腊月二十五是老高剃头挑子上老鸹岭的老日子。老高五十出头,一年四季穿一身粗布黑衣服。肩上担着担子,一头是放剃头工具的木箱,一头是一个铁皮炉子,常年生着火。到了村里,老高就在炉子上面放个洋瓷盆烧热水,然后打开木箱,取出那把又薄又长的剃头刀,在磨刀石上霍霍有声,然后再清水濯洗,挥舞试风,银光飞溅处,直让人颈上生寒,吓唬得小娃不敢号哭,缩着脖子往自家大人怀里拱啊拱。

吃过早饭,胖婶就端出破笸箩,在为数不多的几枚鸡蛋中反复比较,拣出最小的攥在手心,然后满院扯着脖子喊更生。墙角的大铁锅里正噗噗嗒嗒地熬着猪食,大丫头桂枝守在旁边,边搅拌边往灶里添加柴草,眼缝却见不得娘的小气,就忍不住嘟哝:"你那拿的哪是鸡蛋啊?不知道的还以为是麻雀蛋呢——也不怕人笑话!"

"笑你娘个腿。亏你还是上过初中的大姑娘。要不是老娘苦扒死挣的,靠你那八百锤打不出一个响屁的爹,别说麻雀蛋,鸡屎都没得你们吃。"这厢骂得热闹,引得更生探出头张望,被胖婶瞥见后,也不管他哼哼唧唧反抗,薅住便往稻场奔去。

老高的剃头担子常常设在稻场。剃一个头一毛钱,小孩只要八分,没钱交一个鸡蛋也行。因为那时鸡蛋也不按斤卖,按个,一个鸡蛋也是八分钱。

山里人厚道,专挑红皮大鸡蛋留给老高,心想人家挑着担子翻山越岭混口饭吃不容易。只有胖婶每次拿来的鸡蛋,小得不能再小,卖到集镇,五分钱都不值。胖婶是老鸹岭出名的蛮不讲理,一张颠倒黑白的利嘴,常搅得四邻不安。老高常来老鸹岭剃头,早就清楚胖婶的底细,也不跟她较真儿,睁一只眼闭一只眼罢了。

这次挥舞剃头刀的,却是老高的儿子小高,老高叼着旱烟袋坐在旁边监工。老高的老风湿腿越来越翻不动山路了,把儿子带出师后,老高就准备待在家里颐养天年了。

轮到更生剃头时,他被胖婶摁住还不老实,摇头晃脑碰着小高的剃头刀,结果划破点头皮。

胖婶不依不饶,说不能白划,要扣一半工钱。

小高说:"行,你只给四分钱吧。"

胖婶说:"我把鸡蛋给你,你倒找给我四分钱。"

小高以为胖婶家穷,原打算免收工钱,可是见鸡蛋那么小,心底不爽,就说:"给钱的才找钱,你又没给我钱,我凭什么要找给你钱?"

见小高不乐意,胖婶舍不得掏钱又舍不得鸡蛋,于是就要付给对方半个鸡蛋。小高年轻气盛,懒得搭理她,心想:你真能把一个生鸡蛋一分两半?

谁知胖婶转身就把那个鸡蛋放到洗头的盆里。等那鸡蛋煮熟了,把鸡蛋切开,一半塞给更生,一半递给小高。众人哄堂大笑。

小高面对着那指甲盖大小的半个熟鸡蛋,尴尬无比,接也不是,不接也不是,俊脸涨得通红。

桂枝忙完活也来稻场看热闹,恰好赶上这一幕,那些笑声如芒在背,刺得爱面子的桂枝浑身不安。她气咻咻地挡住胖婶,拿起剪刀铰下自己心爱的长辫子,转身扔在木箱上。"这个可以抵你的工钱了。"说完就跑,把眼泪都跑了出来。

众人啧啧,神情各异。老高始终冷眼旁观,仿佛置身事外。

过罢正月十五,老高忙活起来。央求德高望重的媒人,带着喜气洋洋的小高,挑着丰厚的彩礼,去老鸹岭向桂枝提亲。

老伴反对,说:"栽棵葫芦靠墙,养个女儿像娘。咱儿怎可娶胖婶那婆娘喂养的女儿?"

老高告诉老伴:"理是那个理,可是有些事情你还不明白。乌鸦窝里也能飞出金凤凰哩。"

果然,桂枝嫁过来后,不仅夫妻恩爱,还孝敬公婆,勤俭持家,和睦乡邻,人皆称赞。

哎,谁能想到,这是半个鸡蛋造就的好姻缘呢?

一杯没有思想的水

观音豆腐

○衣袂

老鸦岭的顶峰叫观音山,不仅屹立着观音庙,还四季常青着观音树。

取嫩叶洗净兑进清水,用手揉搓成糊状,再用干净布滤渣。取草木灰适量,用井水调和均匀,过滤取灰水。将灰水倒进叶汁中,边倒边用筷子搅动,叶汁渐渐变稠凝固,压制成豆腐模样,被命名为观音豆腐。观音豆腐呈墨绿色,隐隐有些透明,入口滑腻松软,芳香清凉,有降温败火驱毒等药用价值。因为抵达观音山必须经过悬崖"一线天",不到迫不得已,老鸦岭的人们不会去朝拜观音庙,也不会问津观音树。

六月六那天,公鸡还没打鸣,七婶已经动身。花头巾蒙着的小竹篮里,藏着香蜡鞭炮。七婶要去观音庙拜祭,求观音娘娘保佑福生,再顺便摘些叶子给福生做豆腐。

福生是独子。响当当的七叔,在兵荒马乱的年月不甘被拉夫,逃跑时丢了性命,福生就变成了七婶的命根子。即便小心翼翼地养,福生依旧长得瘦骨嶙峋,近来更让人焦心,居然害上了龙王疮。赵老先说,那些红色的脓包,如果首尾相连成龙,任天王老子也不能救治了。赵老先是行家,用毛笔蘸了墨水在福生腰上画蜈蚣和蝎子挡道,说再吃点药就可以痊愈。七婶不放心,决定上庙祭拜以示虔诚。

七婶先用艾蒿熏身,又用镰刀开路,还边走边用竹棍敲打草丛,攀岩石,跨山涧,临到正午方才推开观音庙虚掩的木门。

光亮随之渗入,照出年久失修的凄凉,也闪现地上躺着的男人。

七婶吓得拔脚就往外跑。跑了几步,感觉不对劲儿,于是喊:喂,庙里有人吗?

不见回音,就回转身查看。试试鼻息,尚有呼吸。确定昏厥后,七婶方才大着胆子搜寻,从那人裸露的黑紫色肿腿上,找到了毒蛇咬伤的痕迹。七婶把那人挪到门口,让他背依着庙门坐着,免得毒气蔓延躯干,就近寻找草药。

山里人,常年跟昆虫野兽打交道,懂得偏方。七婶把草药嚼碎喂给那人,又把一些草药剁成黏稠的汁液敷在伤口上,然后推拿穴位。

不久,那人发出一声沉闷的呻吟,后来,竟然可以睁开眼睛。那人挣扎着想起身,却被七婶摁住。七婶说,被鸡冠蛇咬住腿的人不养息十天半个月,腿就残废了。

那人说自己有事。

破衣烂衫又操外地口音,七婶以为胡子拉碴的他是打猎的,就说是不是怕同伙着急?

那人说是。

七婶说一个爷们儿没腿可不行。你养着,我先帮你捎个口信。那人想了想,就说了地方。

得知那人没带猎枪也没带干粮,七婶这才记起自己的正经事儿,慌忙点燃香蜡鞭炮,祈祷完毕,留下自己没舍得啃的两根老黄瓜和一个野菜团子,嘱那人安心养伤,说明天再送草药和食物上来。然后上山找观音树,采摘了嫩叶,又送了口信,大半夜摸回家就忙着制观音豆腐。

天刚放亮,七婶就上山。那人喝过草药喝稀粥;尝过观音豆腐后,赞不绝口,听了它的来历,更是惊讶。

七婶说,很久以前,人间发生饥荒,难民无数,尸横遍野。观音不忍,用杨柳枝洒甘露于人间。甘露落到老鸹岭的顶上,长出了簇簇绿树。饥民摘叶取其汁加灰做成了"豆腐",食用充饥,挨过了饥荒。当地人为了感恩,于是就有了"观音山""观音树""观音豆腐"。

那人说,大嫂救我性命,也如观音在世。

七婶说菩萨在上,小兄弟千万别胡言乱语。还跑到观音像前跪下,声声祈祷,句句求福。

那人只是笑笑,不再吭声。

隔天再上山,已不见那人。七婶在附近没发现他的踪影,采些嫩叶就下山了。福生的龙王疮已经掉痂,生活却改变了模样。刘邓大军开始挺进大别山,接着全国解放,七婶分到田地后,福生也有机会走进学堂。好日子,说来就来了。

多年以后,当年被救起的那个人成了一名将军。后来,将军故地重游时特意拜见恩人,谁知七婶早已去世。于是老将军就讲了七婶的故事,并点了地方名菜"观音豆腐"。

其时,观音树已被当作珍稀树木保管了起来,人们捋不到它的嫩叶就用绿豆替代。老将军知道这些,可是老将军依旧吃得津津有味。

养柿子

养 柿 子
○衣袂

　　霜冻就要来了。视线中的老鸹岭,田野一片萧条,只有那些青柿子还压着枝头晃荡。娘收回目光,举起竹竿勾住低处的枝丫,拳头大的柿子就被掰进箩筐,挑回家里用缸养。

　　已收拾干净的大缸,铁塔般矗在西屋拐角,缸底铺着大马蓼。大马蓼散绿叶开红花,长在峭壁沾满露水的最为适用,天麻麻亮上山到天黑才采回来这么一小捆!娘爱惜地摆弄一番,方才一层一层地码好柿子,用晒热的井水淹没,再用大马蓼盖严塑料布口,盖到密不透气。这样养上十天半个月就可以开缸了。

　　方圆百里养柿子,谁也比不过娘。开缸那天,全村弥漫着柿子香,忙碌的庄稼人会忍不住放下活计,一吸鼻子,一晃脑勺,醉醺醺地哂笑道:嘿,好个二狗娘!"二狗"是我的乳名。那年我还小,舍不得离开半步,就小狗一样扒着缸沿张望。嗬,大马蓼变成了黑汁水,还咕嘟咕嘟直冒泡呢,而捞出来的柿子,一色儿青亮,咋看咋喜人。削去皮,露出鲜红的瓤,咬一口,脆津津地嚼在嘴里,甜丝丝地沁在心尖上……我吧嗒着嘴巴递给娘尝,我说比爹从部队带回来的红苹果还好吃哩。娘不尝,姐忙着分柿子。特大个儿的,送给前村后院的三婆六姥七大爷,谁让老人都稀罕她的手艺嘞?不成体统的留给自家人

119

打牙祭,剩余的好模样的放进两只大竹筐。

娘让我去稻场喊二叔,让他把柿子挑给桂花。

二叔埋头在磨镰刀。我来来回回地喊,二叔不动弹。催得急了,他呼哧呼哧地喘,就是不回家。娘也急了。二叔胎带着哮喘,自她进门就开始为他求医问药,近几年病情好转,几乎不再发作。

"这是咋啦?"娘兜着围裙就往稻场跑,火烧火燎地问。

"不想去。"二叔瓮声瓮气地答。

"眼瞅四妹都抱娃了,咋还不知掂量自个儿的事……过年都小三十的人了。"见二叔无恙,娘便放心地絮叨起来。

二叔梗着脖子不吭声。

"好日子就在腊八……也不知道撞了哪门子邪。"娘犯着嘀咕。

"姐,别忙了。俺不想结婚!"话音未落,二叔已闪身上山。

爹应征入伍后,爷奶相继去世,年仅十八的娘进门理事。被娘拉扯着长大的叔叔姑姑却不把娘喊"嫂子",直接喊"姐"。俺听得耳馋,也蹦蹦跳跳地学着喊,可是哥不同意。不同意就不同意呗,还攥拳头瞪眼睛的,谁怕谁啊?

二叔蹲在地头抽烟。二叔想跟桂花绝交,心底却映出桂花的笑模样。都说麻脸老姑娘又矮又难看,可二叔喜欢。二叔卖柴,桂花卖菜,俩人蹲在街沟子,你望过来我望过去,就望出那层意思。娘原本就为二叔的婚事操碎了心,得知这事高兴得不行,忙托媒下聘样样打点,转眼亏空了家底。

可桂花不知足。明知家里穷,偏要三间新瓦房才肯结婚,还要大立柜、小立柜、收音机、手表四大件。二叔见姐忙前忙后东拼西凑四处借钱,四十冒尖就花白了头发,心里很内疚。好不容易置办妥当,桂花却提出婚后分家。

新旧瓦房都归自己,让姐带着两个孩子住老茅草屋,二叔咋说得出口？二叔咋面对村里的父老乡亲？咋面对大狗二狗那水汪汪的大眼睛？二叔打定主意，宁愿自己打一辈子光棍儿，也不说分家的事。

　　娘见二叔耷拉着脑袋不吭声，问不出缘由就不顾山高路远，自个儿挑着柿子，晃悠悠地给桂花送去。多年以后，在外工作的我带着妻儿回家过春节。吃着桂花养的柿子，忽然想起这段往事，就追问二婶为啥改变主意，不仅不分家还跟娘挤在一个锅里搅饭勺。

　　二婶快人快语：还能有啥？姐养的柿子好吃呗。

　　那个姐，就是我早已去世的娘。

怀念一颗西瓜

○朱占强

1974年夏天的瓜熟时节,娘带我去生产队的晒场上分西瓜。抓过阄,轮到我们家挑瓜时,晒场上只剩下两颗小瓜、一颗大瓜。队长奎伯向我娘说,他婶子,大瓜二十六斤,两颗小瓜加一起也是二十六斤,你挑一份儿吧。娘问我要大瓜还是要小瓜,我说要小瓜。娘犹豫片刻,弯下腰抱起那颗大瓜,劝我说,娃,咱要大瓜吧,大瓜瓤多,熟得透!

回到家里,娘拿抹布一遍又一遍地擦那颗二十六斤重的大西瓜。娘擦一下我咽一口唾沫,娘擦两下我咽两口唾沫,娘擦完了我还在咽唾沫。我迫不及待地递过刀去。娘接过刀,望着绿得能耀人眼的西瓜愣了一会儿。然后把举起的刀轻轻放回桌子,用手摩挲着我的头说,俺娃乖,咱娘儿俩吃不完这么大的瓜,等星期天你哥你姐回到家里,让俺娃吃个饱。说完,娘的泪就珠子一样断了线,一颗接一颗地碎在了西瓜上。

盼星星盼月亮盼日升盼日落,终于把在学校住读的哥姐们盼回了家。因为能吃到西瓜,哥姐们和我一样兴高采烈。瓜被大哥搬到堂屋的桌子上,我去厨房拿来了菜刀。就在大哥举起刀要切开瓜的刹那,娘突然说话了,娘说,咱一年只能吃一回瓜,——等等吧!娘说

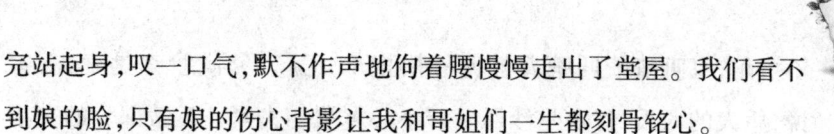

完站起身,叹一口气,默不作声地佝着腰慢慢走出了堂屋。我们看不到娘的脸,只有娘的伤心背影让我和哥姐们一生都刻骨铭心。

娘要我们等的是爹。

1974年的夏天是我童年记忆中最漫长的一个夏天。爹在外地工作,回家次数过年一样稀。于我来说,"爹"是陌生的称谓,吃瓜的渴望远比对爹的思念强烈。每天的清晨和傍晚,我常在村口游荡,期待着通向村庄的路的尽头突然出现爹的身影。有许多次,我问娘,爹什么时候能回来?娘说,快了!接着娘又说,俺娃懂事了,俺娃知道挂念爹了!其实娘哪里知道,为了一颗西瓜,我稚弱的童心忍受着怎样的煎熬啊!

嫁给爹时,娘最好的嫁妆是一个紫红色的榆木板柜。柜子里盛的是一些在物质极其匮乏的年代里显得弥足珍贵的物什,譬如几块舍不得裁衣的家织土布,几沓用来做鞋底的旧报纸,几张麻麻皱皱的元角钞票,等等。那颗西瓜幸运地被娘请进了柜子里,上了锁,钥匙拴在娘的裤带上。星期天哥姐们回了家,我便撺掇他们吃西瓜,哥姐们总是缄口不语,用沉默回答我的满腔激情。得不到他们的支持,我也只好怏怏作罢。有一次娘好像是突然间想起了那颗西瓜。娘咬着牙恨恨地说,不等了,让他死在外边吧!我知道娘诅咒的是爹。我自告奋勇要去厨房拿刀时,娘却颓然跌坐到凳子上,佝下腰把头埋到胸前喃喃说,再等几天吧,该回了!

不知过去了多长时间,爹终于风尘仆仆回到了家。恰好那天是星期天,哥姐都在。我咬着爹的耳朵偷偷告诉爹我们家分了一颗西瓜,藏在娘的柜子里。爹嗔怪娘为什么有瓜不给孩子吃。娘谎说不是她不让孩子吃,是孩子们要等爹回来一起吃。爹在水盆里净过手脸,娘打开柜子,把瓜搬了出来。瓜还是那颗瓜,只是已褪去了原有的鲜亮,瓜皮上散布着一些零星的灰色斑点。我们兄弟姐妹早已急

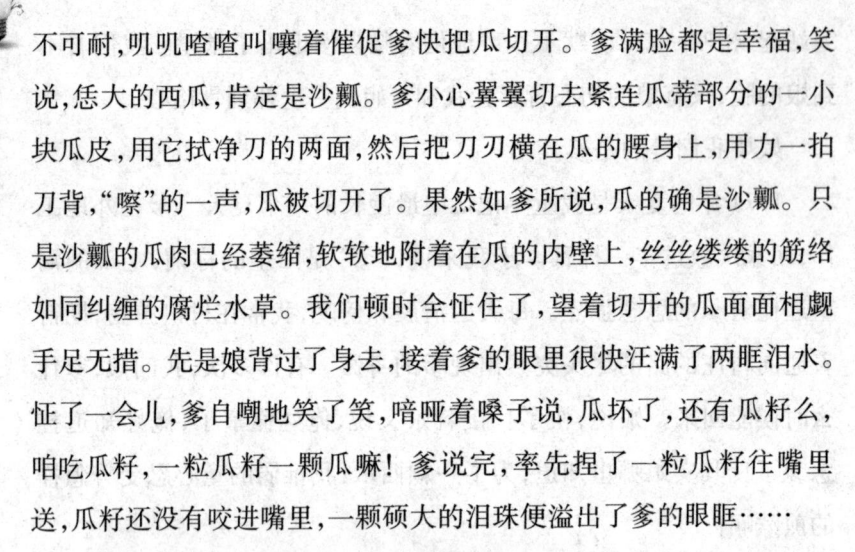

不可耐,叽叽喳喳叫嚷着催促爹快把瓜切开。爹满脸都是幸福,笑说,恁大的西瓜,肯定是沙瓤。爹小心翼翼切去紧连瓜蒂部分的一小块瓜皮,用它拭净刀的两面,然后把刀刃横在瓜的腰身上,用力一拍刀背,"嚓"的一声,瓜被切开了。果然如爹所说,瓜的确是沙瓤。只是沙瓤的瓜肉已经萎缩,软软地附着在瓜的内壁上,丝丝缕缕的筋络如同纠缠的腐烂水草。我们顿时全怔住了,望着切开的瓜面面相觑手足无措。先是娘背过了身去,接着爹的眼里很快汪满了两眶泪水。怔了一会儿,爹自嘲地笑了笑,喑哑着嗓子说,瓜坏了,还有瓜籽么,咱吃瓜籽,一粒瓜籽一颗瓜嘛!爹说完,率先捏了一粒瓜籽往嘴里送,瓜籽还没有咬进嘴里,一颗硕大的泪珠便溢出了爹的眼眶……

　　许多年后的一个夏天,我吃着西瓜问满头白发的娘,我说,娘,您还记得那年咱们家分的那颗西瓜吗?

　　娘答,忘了!——记得有一年生产队里死了一头驴,煮了好大一锅驴肉。分驴肉时队长说肉钱到年底算账时从工分里扣……想起你们兄妹看别人家孩子吃肉时的馋相,现在我心里还针扎一样痛!

身后的狼

○朱占强

我们公司资不抵债,被一家私营企业收购。在最后一次全厂职工大会上,行将离任的厂长说:"是机遇也是挑战。"纯粹的官话套话安慰话,机遇雾里看花水中望月,挑战则是必须面对失业的现实。

一筹莫展之际,我突然想到了常明。

我和常明是高中时的同学,彼此好得就像一个娘养的兄弟。后来常明考上了大学,我顶替退休的父亲参加了工作。道不同不相为谋。虽然生活在同一座城市,由于相距较远,渐渐断了联络。据说那小子现在混成了"四有"新人,跑步进入了共产主义。如果他能现身说法指点迷津,对我的角色转换肯定大有裨益。

好不容易联系上常明,他约我在一家小酒馆见面。

握手,寒暄,拥抱,虚假的热情。

我们要了两盘时鲜小炒,两盘冷拼。常明还是原来的秉性。干过一杯劣质白酒,他大大咧咧地说:"兄弟,是不是遇到了难处?有事你说话!""没什么事。"我笑了笑,"就是想找你聊聊!"

"聊聊?"常明似乎感到意外。他望着我愣了片刻,迷惑的一双眼睛旋即变得潮润。然后,他重重地拍了拍我的肩膀。于是我们聊了起来。常明问起我现在的处境,也许出于虚荣的自尊,或者担心带有功利色彩的谈话会破坏久别重逢的融洽气氛，我没有告诉他失业的遭遇，只说还在原单位混，日子过得一直不坏不好。

突然想到一个话题。

我说："常明，你读大四那年，我给你寄过几封信，怎么不回呢？"

"我去了可可西里。"

"干什么？看藏羚羊？"

"也是，但不全是。"

常明原本热情洋溢的神情陡然变得阴郁。他沉吟片刻，顾自干掉一杯酒："说来话长。我去可可西里，是为了赴一个爱情之约。读大二那年，我处了一个女朋友，叫琳。琳有着非同一般漂亮女孩的气质和风度。我们说好的，毕业后去一趟可可西里，看藏羚羊，也让广袤的荒原戈壁见证我们伟大的爱情。

"没想到，我们曾经海枯石烂也不变的爱情竟然脆弱得不堪一击。升入大四那年，琳竟然爱上了他们班里的一位男生，理由简单却充分，那位男生家里非常富裕，能让她一生幸福。我向来信守诺言。同琳分手的第二天，我背起行囊，孤身一人去了可可西里。

"进入可可西里腹地后，我迷了路。我本就是奔着为爱情殉葬才去的，所以并不畏惧死亡。在那里，我见到了一群藏羚羊，它们并不怕人，好奇的眼睛里流露出不设防的善良和纯真。看到藏羚羊的那一刻，我哭了，哭得天昏地暗——为了逝去的爱情。"

常明泪眼闪烁。我们默默地干掉一杯酒，他接着说："那时候，我的身体已经相当虚弱。我打算一直走下去，走向爱情的地老天荒。就在告别藏羚羊的当天下午，我下意识地偶然一次回头，突然发现身后跟着一条狼。那是一条瘦骨嶙峋的老狼，眼睛浑浊无光，脑袋无力地耷拉着，身上凌乱的背毛枯草一样干燥晦暗。它大概有一段时间没有捕获到猎物了，它用渴望而饥饿的眼神望着我，我走它走，我停

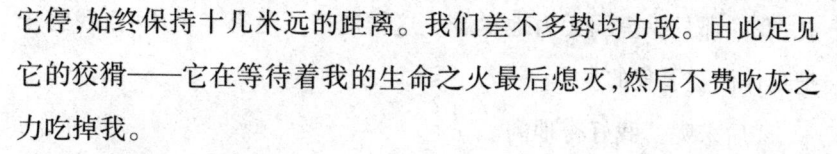

它停,始终保持十几米远的距离。我们差不多势均力敌。由此足见它的狡猾——它在等待着我的生命之火最后熄灭,然后不费吹灰之力吃掉我。

"我清楚地意识到了自己的结局。按我当时的心境,如果被一条健康的狼吃掉,倒也认了。但让这样一条丑陋的狼吃掉自己,怎么都感觉死得龌龊。在我生命的绝境中,那条偶然出现的狼唤醒了我本能的求生欲望。为了尽早走出荒漠,我扔掉了所有行李,只把剩余不多的水和干粮带在身上。

"尽管十分节省,三天后,水和干粮还是用光了。饥渴难耐,有几次我突然回头袭击那条狼,每次都被它逃掉了,它依旧保持一定距离跟在我的身后。那时候我已经虚弱不堪,神智昏迷,我们追逐的样子就像两个趔趔趄趄的醉汉。

"靠偶尔能捕捉到的蜥蜴和挖草根果腹,我又坚持了几天。我神智清醒的时间越来越短,跌跌撞撞地朝着未知的前途奔命。摔倒,爬起来;再摔倒,再爬起来。我极其疲倦,但生命拒绝死亡,仍然支撑着我往前走。那条狼的情况也比我好不到哪里去。有一次,我在昏迷中隐约听到耳边有呼哧呼哧的喘气声,我突然惊醒,把那条狼吓得一瘸一拐地往后跳,它太虚弱了,一个趔趄摔倒在地。其情景令人捧腹,但我并没有感到好笑。

"大概两天后,我终于看到了一座蒙古包。最初我以为那是幻觉,因为那时我的眼前经常出现各种幻觉。我想喊,但喊不出。在一次爬向蒙古包的长时间昏迷中,我感觉有舌头在舔我的手——那是狼在试探——狼的耐性大得可怕,而人的耐性也毫不逊色。从断粮那天起,我们一直都在寻找机会攻击对方。我等待着。当那条和我一样奄奄一息的狼用尽身上最后的力气,努力地把牙齿插进我的手背的时候,我顺势攥住了它的下巴。一切都很缓慢,狼虚弱无力地挣扎,我的那只手虚弱无力地攥着。这样僵持了足有半个小时,我终于把身体压在了狼的身上……"

"后来呢?"我好奇地问。

"喝过狼血,爬向蒙古包,好心的牧民救了我!"

故事讲完,常明已经泪流满面。他下意识抹了一把脸,然后说:"这么些年,你知道我怎么过来的吗?"他自问自答,"从可可西里回来后,我被学校开除了。为了谋生,我在建筑工地当过小工,摆过地摊,擦过皮鞋,甚至给饭店刷过盘子洗过碗。每当遇到挫折的时候,我就会想起可可西里的遭遇,感觉背后有一条狼在虎视眈眈——你要么被狼吃掉,要么战胜它……"

长发飘飘

○朱占强

如果现在在大街上遇到赵姣姣,我肯定不会拿正眼瞧她。我宁愿去追我们班最丑的乔小娅。

那时的高三(2)班,我最关注两个人,一个是赵姣姣,另一个就是乔小娅。乔小娅常没理由地冲着我笑,笑起来比哭还难看,想不注意她都不行;偶尔,赵姣姣也会向我惊鸿一瞥,像我偷了她家什么东西似的,目光里充满了坚定的怀疑。赵姣姣看我的时候,我就避开她的目光挠头。我挠头是因为头皮发痒,而不是害羞。

那时候我很想爱一个人,确切说是想爱一个女同学。有一天上体育课,赵姣姣盯了我足有一分钟之久,还捂着嘴哧哧地笑。就在那一次,赵姣姣眼睛里伸出两只手,把我的心给摘走了。

爱上赵姣姣之后,我像一只发情的孔雀,开屏的欲望特别强烈,但要引起赵姣姣的注意并非易事。赵姣姣学习好家境也好。我和乔小娅则不行,每次考试,乔小娅都要和我竞争倒数第二的名次,这让我很反感。

很长一段时间我都茶饭不思、精神恍惚,睁眼闭眼全是赵姣姣的影子。有一天,我和哥哥去另一所学校帮人打架。回来的路上,趁打了胜仗的哥哥得意忘形,我把我和赵姣姣的事说了。我问哥怎样才

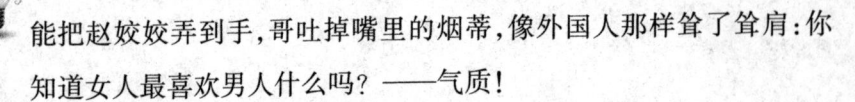

能把赵姣姣弄到手,哥吐掉嘴里的烟蒂,像外国人那样耸了耸肩:你知道女人最喜欢男人什么吗?——气质!

我问哥,什么是气质?

哥把荡在额前的长发使劲向后甩了甩,说,这就是气质!

哥的话让我茅塞顿开。从前我三个月不洗一次头,现在差不多三天就洗一次头,并且从家里偷出香油抹在头上。从此,我的爱情开始像头发一样疯长。除哥之外,没有第二个人知道我蓄长发的秘密。

当我的头发差不多和女同学的头发一样长的时候,我就像一只骄傲的大公鸡那样在她们面前晃来晃去。有时还故意让额前的长发垂下来,然后神经质地向后甩两下。但令我深感沮丧的是,我的一番苦心并没有得到赵姣姣的青睐,赵姣姣看我的眼神依然充满了坚定的怀疑。而乔小娅的热情却增了十分,常常像发情的母鸡那样,在同伴面前搔首弄姿回应我。

我的长发在那个年代注定是不能长久的。母亲终于忍无可忍,死拉硬拽着把我拖进了一家理发店。那天,理发店的生意特别好,唯一的一位麻脸理发员忙得不亦乐乎。临近中午时,麻脸花两块钱,从街上买回一个夹肉火烧权充午餐。麻脸刚在火烧上咬一个月牙儿,理完发的一位顾客就要付钱离开。麻脸收钱找零的当口儿,一只混进店里的野狗突然把麻脸放在板凳上的火烧叼走了。麻脸追狗无果,回到店里狠狠地骂了一句:他妈的,今儿个给狗理了一个头!那时候理发两块钱,收入恰好能买一个夹肉的火烧。那位顾客是好事的人,问麻脸说,你这人咋这样说话呢?于是一递一声吵了起来。在他们混乱的厮打中,我狗一样逃出了理发店。

剪掉长发之前,赵姣姣必须给我一个明确的答复。我心里是这样想的。理发未遂的当天下午,在放学回家的一个偏僻路口,我拦住了赵姣姣。那天风很大,我感觉自己的长发在风中飘扬成了一面猎猎的旗帜。

我说:赵姣姣,你站住。

赵姣姣问:干什么?

我说:咱俩好吧。

赵姣姣问:你说什么?

我说:那天在操场上,你为什么盯着我笑?

赵姣姣"扑哧"笑了,说:我看到有两只虱子在你头上打仗呢!

我也笑了,通红着脸说:赵姣姣,咱俩好吧!

这次赵姣姣听清楚了。她马上敛去了笑容,望着我怔了片刻,临转身离开时突然说了一句:啊——呸!

啊呸?赵姣姣太不给我面子了。

那天我的心情糟糕到了极点。回家的路上,竟然又遇到了乔小娅。乔小娅一手擎一支糖葫芦,书包拍打着屁股"啪嗒啪嗒"走了过来。

乔小娅说:咱俩好吧!

我高高地仰着脸望天。

乔小娅又说:如果咱俩好,每次考试我都倒数第一,让你考倒数第二。

一绺长发滑到额前,我把它优雅地甩了上去。

我笑着揶揄乔小娅:乔小娅,我的头发帅不帅?

乔小娅说:帅,咱们班男生的头发数你最帅!

我说:好,现在我就去把它剪掉!

一杯没有思想的水

根深叶茂

○李蓬

"天下未乱蜀先乱,天下已治蜀未治",这句话讲的是巴蜀历来战事多。重龙山上永庆寺刚刚落成不久,便遇唐末之乱,巴蜀政权频迭,你家唱罢我登场。老百姓只好在夹缝中求生存,永庆寺里的和尚于是有些坐不住了,住持智通大师问:"当真能四大皆空否?"

他问的是众僧,目光却盯着弟子慧丰。慧丰说:"有才是无,色才是空。"

寺里于是决定广收俗家弟子,教人武功,以求自救。一时之间,报名习武者人涌如潮,可是谁也不愿到慧丰那里去学。众僧都说:"这下可有好戏看了。"

原来慧丰比较懒散,常常不修早课,就连寺外俗人都已知晓。偏偏智通最喜欢他,进寺没几年便负责般若堂,成了庙里最年轻的"中层干部",众僧又是羡慕,又是嫉妒。

一次大师兄慧静要翻阅经书,须经慧丰签字。慧丰龙飞凤舞地签了个"丰"字。慧静如获至宝,便连经书都顾不得看了,急匆匆地跑去找智通,也不顾师父正在向众僧讲法,上前说:"师父,你看慧丰的签名,他也太不像话了,居然连班辈都不想要。"

寺中僧人按"玄元苦智慧"顺序排辈,慧丰仅写一个"丰"字,显然没有注重字辈,而"苦""智"两辈中也有法名叫"苦丰""智丰"的僧人。仅以一个字代替法名,岂不无法分清辈分?哪知智通一看,不是双手合十,而是像俗家人一样翘起大姆指说:"高。实在是高。慧丰如今的修为,老僧亦不及也。"

众僧俱不解,忙请师父指点。智通拿起经书在每个弟子的头上猛敲一下,走了。

众僧目瞪口呆,委托慧静向慧丰请教。慧静无奈,只好去问慧丰的"慧"字在哪里。慧丰头也不抬,随口说:"我也在寻找呢。"

慧静这才略有所悟,回去向众僧说了。众僧有的听明白了,有的似懂非懂,说:"他只知写一个'丰'字,我看肯定是个疯和尚。"从此,大家便背地里都叫他"疯僧"。

这样的和尚,自然无人跟他。但毕竟报名者太多,别的僧人收不下,没拜到师的人这才不得已转投他门下。慧丰也不以为意,广收弟子三百余人,比任何一个师兄师弟都要多得多。众僧摇头说:"不择徒而授,焉能教出好徒弟?"

到了慧丰授徒那天,他带着徒弟们来到江边一块空坪上。众僧更加不解,那里相对狭窄,下面是嘉陵江,三百多人全聚在那里也嫌拥挤,更别说练武,慧丰总不会在那里授徒吧?众僧遂委托慧静去看个究竟。

慧丰吩咐大家坐下,开始讲授佛法。慧静更加愕然,心想:佛法与练武有多大的关系呢?

不仅慧静不知其意,便是这群学武之人也甚是不解。慧丰讲了一阵,有个大汉站起来问:"请问师父,你教我们这些有什么用?"

慧丰微笑着反问:"你学武又有什么用?"

大汉说:"可以保护自己,也可以救人。"

慧丰示意他坐下,继续讲起经文中的故事。又过了一阵,大汉再次站起来问:"请问师父,你教我们这些究竟有什么用?"

慧丰说:"可以救人,也可以保护自己。"这话竟然与大汉刚才所说完全相同,只是顺序变了。

这番话别说是众人不解,便连慧静也没能听懂,他忍不住问:"何以见得?"

慧丰回答说:"练武之人不学为人之道,学出来难免为非作歹。我教大家佛法,实则是救了那些不懂武功之人。大家只要不恃强凌弱,实际上也就保护了自己。"

众人这才恍然大悟。还别说,慧丰教出来的弟子比其他任何一个僧人所教的徒弟都要出色得多呢。

自此,蜀州尚武,侠义之风盛行。

越俎代庖

○李蓬

慧丰教出的弟子个个本领高强，屡次打退流寇的滋扰。流寇恼了，暗中聚集力量袭击永庆寺，幸亏有人发现了流寇的阴谋，提前跑来告诉众僧。

大家庆幸之余，不由暗暗发愁。师父智通大师有事外出，虽由大师兄慧静临时主持事务，但组织僧兵抗击流寇这等大事他不敢擅主，他怕万一失利会遭到众僧责难。

慧静眼珠子一转，说："慧丰颇得师父赏识，不如就由他代行师父之责吧。"

其余众师兄弟连连摇头："不可不可。长幼有序，何况慧丰行事疯癫，难以服众。"

大师兄有些为难地看着慧丰。慧丰说："阿弥陀佛，幸亏师父圣明，临行前曾交与我一道用兵之策，大家依令而行可也。"

众僧都吃惊地盯着他。慧丰起身回屋，出来时手上已多了一个密封的木匣。他让大师兄当众拆开密封，打开木匣，匣子里面有一张薄绢，正是用兵之策。字迹是师父所写无疑，上面清楚地写着如何调配人马。

众僧虽然嫉妒不已，但事关本寺存亡，都不得不依师父的命令而行。

由于永庆寺傍依山势，又有师父命令在先，加之慧丰调度有方，流寇来得快，去得也快。三次进攻，三次都狼狈退走，不敢再来。寺里并没有多少损失，有损失的也只是流寇。

大家欢呼不已。只有慧静心里明白，密令决非师父所写，因为智通外出之前便曾告诉他，应对流寇宜相机而动，不可硬拼，显然师父也未曾预料到流寇的出没。而慧丰最擅模仿别人写字——只是他是什么时候写的呢？

数日后，智通回到永庆寺，慧静抢先向智通汇报慧丰所为。智通让慧静召集诸师兄弟，他沉着脸问："慧丰，你知罪否？"

慧丰跪问："弟子何罪之有？"

智通说："这封密令可是你所杜撰？"

慧丰说："这是佛的意思，他不想让弟子们受苦。"

智通说："阿弥陀佛，慧丰，你可以出师了。"

慧丰说："多谢师父。"

众僧以为智通要逐慧丰出师门，虽然未免担心今后本寺再无人可抗流寇，但眼前倒是出了一口恶气。可是慧丰并没有收拾行李走人，大师兄于是着人去催。慧丰说："师父有让我走的意思么？"

慧静去问师父。师父说："且由他去吧。"

一月有余，县令派人带来调令，要慧丰到安居寺任住持。众人这才明白师父的意思。

流寇忽然改变策略，大举进攻县城。向州府请求增援显然已经来不及了，县令只好向各擅长功夫的寺院及江湖豪杰求救。

谁知流寇越聚越多，县令虽然严令大家当晚严加防守，但在第二天清早，他本人连同印信居然都不知所踪。大家顿时傻了眼。

有人愤愤地说："他这样不负责任，那我们也没必要为他卖命！"

慧丰说:"不是为他卖命,实为全城老百姓卖命。"

那人说:"离开了县令,咱们可是一盘散沙。"

慧丰说:"流寇之所以称为流寇,何尝不是一盘散沙?"

"可是,没有县令,谁来指挥呢?"

这时慧静发话了:"不如就由慧丰来指挥。"

群豪都知道慧丰是安居寺的住持,但慧丰年龄不大,而且当住持时间不长,于是纷纷摇头,心说:即使我们服你,只怕下面的人也未必服你。

慧静又说:"慧丰不仅会布兵打仗,而且擅长描摹别人手迹,不如让他以县令的名义描一道命令吧。"

大家都沉默不语,慧丰说:"好吧,也只有如此。"

此时群豪都已知道慧丰曾冒用智通之名,组织众僧打退流寇进攻,他们见慧丰同意这么做,便都纷纷响应。

师爷找来县令以往签名,并立即拟写命令,让慧丰在相应位置签具县令名字,模仿着画了印章。

除参与议事众人外,全城没有人知道县令已然逃跑,大家都按部就班地积极应对流寇。很快地,流寇散了,县城恢复了安宁。

等流寇一走,县令又重新出现在了县衙。他解释说是自己亲自外出察访敌情。虽然没有人相信他的鬼话,但大家也没必要与他辩驳。众人都说这次多亏慧丰挽救了城池。县令向人群扫了一眼,发现独独少了慧丰,连忙派人去找。

但慧丰已经不见了。大家都怀疑是县令做了手脚。可县令嘴里连呼可惜。

过了数年,县令调往其他地方。慧丰忽然又出现在了大家面前。大家问他哪里去了。慧丰说是见佛。

有人连呼可惜,说是那次守城有功,若没离开兴许会有赏赐。慧丰说:"可惜县令不是佛祖!"

一杯没有思想的水

旁敲侧击

○李蓬

　　流寇被官府和白道联手打散,一直过了数年,才冒出一个新人,名叫犟力。犟力的父亲和几个叔叔俱被白道击毙,他一出道便扬言要替父辈们报仇,可是流寇到底人才星稀,怎么也成不了气候。犟力只好单独行动,演变成为独行大盗。他每作案一处,便要留下姓名,赤裸裸地向官府和白道挑战。

　　官府先是派遣公差缉拿,但数次都是无功而返,于是只好央求白道出面。不过犟力虽然留有姓名,但他为人极其狡诈,他知道白道高手如云,是以并不敢与白道发生正面交锋,而是趁虚而入,白道根本掌握不了他的行踪。

　　王县令不断接到报案,但又老是结不了案,感到十分恼火。他问慧丰大师:"大师可有良策?"

　　慧丰大师说:"办法我倒是可以去想,就怕县令有些为难。"

　　王县令连忙催他快说。慧丰大师说:"你得先把神医'春妙手'投入大牢,法子再由我慢慢去想。"

　　王县令大为泄气,甚至连白道诸人也对慧丰有所不满。江湖曾有传言,慧丰大师在未出家之前曾喜欢一个女子,可是那个女子的父亲得了一种怪病,多亏"春妙手"药到病除,后来她就嫁与"春妙手"。

慧丰大师由此当了和尚,而且佛界对他一向看好,认为极具慧根,大家怎么也没想到他居然还念念不忘那段私仇。

王县令当着众人的面表示反对:"大师,恐怕不妥吧。'春妙手'不仅在庶民中很有声望,便连江湖黑白两道也对他极为敬重。若是无缘无故拘他,难免会引众人不服。"

慧丰大师说:"那我也实在想不出什么好法子!"

王县令无奈,命人密捕"春妙手",还严令参与围剿的白道诸人不得泄露秘密。

但这事很快就传得沸沸扬扬。先是有曾受过"春妙手"恩惠的江湖朋友前来县衙鸣冤,接着便是黑道有人唆使老百姓跑来县衙静坐闹事。

王县令决定不理,但过了几天,也未见慧丰大师拿出一个万全的法子,便有些坐不住了。问:"大师何时才能想出良策?"

慧丰大师说:"阿弥陀佛,不急。唐僧去西天取经,也得历时多年、经受九九八十一难。消灭犟力,岂能毫不费力?"

王县令说:"若再不放人,这些人就要上访。到时只怕连我这顶乌纱帽也未必能够保住。"

慧丰大师说:"且看看吧。"

又过了几天,这晚遇有劫狱,幸亏慧丰大师事先让王县令派人严加看守,对方才未能得逞。王县令再次忍不住了:"咱们凭什么抓人?总得有理由吧,这次劫狱幸亏没有发生伤亡事件,否则没准儿会为黑道所利用。"

慧丰大师说:"'春妙手'难道在医治中就没有失过手么?"

王县令也就不言语了,他不知道"春妙手"是否有过误诊,但却知道绝对没有患者上告,而这些事正所谓"民不告,官不究"。不过他更知道若是就此放走"春妙手",只怕慧丰大师当真就不会想出什么好法子来了。

时间很快过了一个月,县衙外面闹得愈凶,甚至有人将患者抬来,要官府治好他们的病。慧丰大师见王县令一筹莫展的样子,说:"不如放了他吧。"

王县令就等他这句话了,当下也不问原因,便吩咐放人。

经此一月,"春妙手"家里病人云集,一直忙到深夜。等众人散去,这时有条人影悄悄溜进他的坐诊室。

"春妙手"伸手搭脉,半晌皱眉说:"功力淤于丹田,未能周身贯通,这一月又未作调节,很是危险。"

"春妙手"沉吟良久,始一字一顿填开药方,还在剂量上反复修改。最后终于下定决心,起身配药。这时伏在屋顶的众高手一跃而下。患者大惊,忙向门外逃逸,但门外已悄无声息地站着数十人。患者只得退回室内,欲拿"春妙手"当人质。

但一个光头挡住了他,正是慧丰大师。

慧丰大师说:"你突然练成绝世武功,我就猜想你是在走旁门左道。这玩意儿有效,但也很危险。若不让高明的大夫调理经穴,断难长久。经此一月,阁下的邪气更盛吧?"

不用说,患者正是犟力。他武功再高,也不敌众多高手,只好束手就擒。

"春妙手"抚胸说:"好悬。"

慧丰大师说:"医者对患者的确不应差别对待,但这人是大盗,你应该因人制宜。若没你的调理,他哪能练成绝世武功?"

房　间

○袁琼琼

廖太太把门推开，笑笑的："还是跟以前一样，对不对？"

老太太话里带四川话的腔。他住在这儿时总学她这种腔调说话，这时候脱口而出："还是一样啊。"

也就是这个腔。他多年没用这个腔调说话了，向来说标准国语。那地方性的语音回到口里，有着奇怪的半熟半疏的感觉。

廖太太说："现在的学生，不像你那个时候，住不久，三两个月就搬哪。"她把门推开，"进来看一看，这个学生回家过年去了。"

从前他住这个房间。完全是怀旧，使他又回到这里。

房间是四平方米左右，靠墙一张双层铁床，下层睡觉，上层搁东西。他摇了摇床柱，立刻整个床吱嘎吱嘎晃起来，廖太太马上来拦他，手抵着床柱，说："就是你以前用的那张嘛！"

"还不换？"

廖太太不以为然："将将用了十年，好得很哪！"

在她眼里这是"才"十年。老年人眼里，时光的单位要大些。桌子换了张铁桌。上面放着书、本、一台小录音机、卡式音乐带。桌面上摊着几张圣诞卡。笔、直尺。翻开的字典。跟他当年差不多。学生的房间似乎有一定的形态，个性的成分很少。课程表用彩色图钉钉在墙上,两张相片,一左一右用胶纸粘着,大概是他自己的作品——《云海》;另一张是一株伞一样的大树。

他观看着。是别人的房间了,但是又很像是自己的。忽然有种怪异的感觉,过去的自己无形的幽灵般,在这里活动着:他坐在床上一边吃花生米一边看书。他在书桌前写作业。朋友来时,他们席地坐着,卤菜放在报纸上。边喝边聊。

那时他们谈什么?谈人生谈抱负。那时真是年轻,相信自己可以推动和改变什么的,也相信世界正在等待自己,相信自己前面的生命里会有点什么,跟其他任何人都不一样的。

当然现在知道,没有什么不一样。都一样。

廖太太的房间专租给学生。这里永远是二十上下的孩子,由于青春的自信,对未来充满想象和计划。年轻的人,年轻的野心。一个又一个,这个老房间里充满了不同的人的夸张的理想和热望。

而他现在也知道,那是多么容易被岁月掩埋,最后成为空想。

廖太太在问:"你看完没有?"

他不说话。跟房间面对着,跟房间的静默面对着。老房间知道一切,他曾经计划要做怎样的人,他有过什么理想。那个昂扬的、充满斗志的年轻的自己,现在也不过如此。

他感到房间好像在嘲笑,却不只是嘲笑他自己。

看 不 见

○袁琼琼

尚勤进门的时候浑身水淋淋的,他一路滴水,到厨房去找妈妈,妈妈不在。他到浴室去冲身子,他刚游泳回来。

在浴室镜子里看到自己的脸,雀斑全都浮了出来,头发像水草一样湿漉漉,堆在头上。他的脸色苍白,嘴唇发紫。他看着自己,奇异地感到那是个溺死者的脸。皮肤呈灰白色,带青蓝,也许不是生理原因,完全是心理的,给吓成这样的。

他刚才在泳池里险些溺死。

他才学会游泳,今天头一次试着去深水区游。前两次游得很好,他在水面上用自由式拍打。那是下午六点左右,天光很亮,可是阳光不强。游泳池里人很多,他左边正有个男孩在教他女朋友游泳,右边有个年轻人用仰式沿着池壁游过来又游过去。三个救生员坐在高台上,泳池边有人坐着讲话,浅水区人挤满了,多数是家庭,父母带着小孩子。深水区的人大半是单枪匹马的,像他这样。

他扶着池壁上的凹槽的边,池水的浮力很强,轻轻地托着他。他觉得很舒适,而且成功了两次,也让他加强了自信。他在水里踢踢脚,吸了口气,头潜了下去。之后开始拍打。

情况之发生,他现在完全想不起来了,为什么会变成这样,他完全不知道。尚勤只觉着,突然地他不能呼吸,他浮不上去,也蹬不到底,四面全是水,水像墙壁似的封住了他,四面八方。这是个柔软流动的墙壁,手拍击着,脚踢动着,穿过去了,但是前面还有,他踢蹬着,全是水,涌进鼻中口中来,他喝了好多口。

尚勤睁着眼,水中透明而带点蓝,方向分辨不出,他直直地伸着手,往上抓,感觉冒上水面的时候就喊:救命!可是声音出不来,带着泡沫跟尚勤一起沉下去了。

就这样死了吗?尚勤想,脑子奇怪地非常清楚,他咕嘟咕嘟又喝了两口水。有不置信的感觉,他记得那仰泳的人、救生员、带着女朋友的男孩子,跟他这样近,居然看不见吗?尚勤在水里漂着,眼睁睁地,水呈波纹状在他眼前飘动,有点类似轻纱。

就这样死了吗?他只觉得很奇怪,非常奇怪。他在往下坠,又在喝水,据说溺死只需要几分钟就够了。他忽然后悔没戴潜水表,可是戴了又怎么样?给自己计时?

他慢慢地沉到了池底。

触到了池底的实体,他游泳的本能恢复了,尚勤卖力地双脚一蹬,他漂了上去,像飞一样,他破出水面,呼吸到干燥的空气,他活了。

尚勤看着浴室里自己的脸,刚才要溺死的时候不怕,根本没想到怕,现在却觉得冷森森的,他差一点,那么简单就死了。

他听到门开启的声音,一定是妈妈回来了。门开了,又"砰"地关上,接着是他母亲尖厉的声音:"尚勤,又是你!"

她脚步声蹬蹬地到了浴室门口:"尚勤,你懂不懂事,滴得满屋子水。"她声音很大,依她向来的风格,她立刻就会把门撞开,指着他骂——要不是他已经十七岁了,十七岁的儿子在浴室里。四五年前她都还满不在乎的,随时会把浴室门推开,可是毕竟尚勤现在十七岁了。

尚勤喊："妈。"他的心里充满了死里逃生的惊悸,他怕,真的,现在他很怕,他觉得怕得要命。

从水里浮起来的尚勤发现世界一如往昔。救生员坐在高台上,池边坐着的人在讲话,他左边的男孩搂着他女朋友,不懂在教她什么,女孩子轻声发笑。右边的仰泳者仍然迂缓地、平和地游过来。太阳淡淡的,天色明亮,蓝中带白的水平滑地铺设着,只让经过的人搅起花边似的波浪。

原来根本没有人看到他。

那么近,在每个人面前,可是没有人看到。

尚勤推开了浴室的门："妈。"

妈妈说："你这么大了,除了会找麻烦,还会什么?"她瞪视他,嫌恶地："一脸的鬼相。"

尚勤闪电似的,脑子里通过一段记忆,他后来一直没有学会脚踏车,因为学车的时候他摔下来,妈妈就不准他骑车了。

尚勤吞了吞口水,他知道把这件事说出来,他也许一辈子就不能游泳了。

妈妈又骂一句："不懂事。"她"砰"地把浴室门关上。

尚勤再度面对着镜子里的自己。

他带着心悸重又想起方才泳池中平静祥和的画面,父母亲带着儿女们在浅水区,温暖的阳光,煦暖的风。尚勤在做他的生死挣扎,没有人看见。

他不知道要怎样才会被看见。

尚勤想起泳池里的景象时,忽然觉得妈妈也跟那些人很像,妈妈也是看不见的,在她面前她也未必能看见。

他不知道要怎样才会被看见。

也许溺死。

梳　妆

○袁琼琼

那天她忽然说想照相。

她头发养得很长了，到肩下，一面用发刷刷着，她从镜子里朝他微笑。玻璃镜面上反射着窗外溜进来的阳光。

从他这儿看，她的脸孔，在镜子里有点迷迷蒙蒙，让灿烂的阳光遮盖着，不确定而迷离。

他坐在她背后，手上拿着相机，作势用镜头对准她，白花花的阳光被隔在镜头之外，她的脸在镜子里，呈现在相机的镜头中，缩小了，遥远而可怜。他放下相机。

她把发刷凑到眼前来，细声说："头发掉了好多。"挑剔地，然而又细心地看着。从发刷的细齿间揪下落发，在手中捏成团。

药物的作用使她头发脱落和发胖。半年里她重了十公斤，脸孔变得圆圆的、虚虚的，有点儿像没打足气的球。她又开始梳头，茫茫地望着镜子里的自己，带着轻微的无望整弄发型，想遮掩那虚肿的脸。

花了很多时间。

她化妆，睫毛刷得翘翘的，眼影、腮红、口红。穿起他从香港买来的古董衣裳。那是清末或民国初年某个女子为自己准备的嫁妆。她一直等着病好了穿。那件衣裳着色鲜明而奇妙，领口和襟边都镶着复杂瑰丽的花边。她整套穿上,宽宽的大襟上装,绣了金凤凰的细褶长裙。她坐在院子里,让阳光照在脸上。胭脂染着两颊,造出虚假的红润。她笑着,偏脸摆姿势,说:"照好看一点。"

照好看一点。他从正面和侧面取镜头,全身、半身、特写。她挺着腰杆坐着,脸上红红白白的。那流丽华贵的古代衣裳把她全身裹着,她像庙里头新供上的神像。

一直微笑着。深思而宁静的,眼光穿过了镜头,凝视着不可测知的某处。

当天就用快洗冲出来了。一共洗出二十六张,色彩鲜艳。相片上的她的脸孔明亮润泽,非常自然,不像化过妆。她自己半躺在床上挑选,对某些照片发笑,像小孩似的单纯而欢喜。那时她卸了妆,脸很白,无生气的白,像沾了许多灰尘的粉壁。后来她拣出一张来说:"等我死了,这一张要做遗照。"

一个月后,摆在灵堂里,放大的这张照片,非常美丽,微笑着,仿佛早已测知了什么,宁静而深思地,看着远方。

一杯没有思想的水

红 狐 狸

○王彦双

大清早,人们就看见四哥扛一杆猎枪向山里走。

张三见了,问:"四哥,进山呀?"

四哥:"进山,捉一只红狐狸去!"

李四见了,也问:"四哥,进山呀?"

四哥:"进山,捉一只红狐狸去!"

捉一只红狐狸去,没人问的时候,四哥也在心里念叨着。昨晚,银子一样的月辉水一样倾洒在厚厚的白雪上,在雪面上流淌,天地间一片澄澈,柔和而明亮,让人感觉是置身在一个童话世界里。

四哥是在窗前观雪赏月的时候发现那只红狐狸的,柔和的月辉和明丽的雪光将那只红狐狸衬托得格外美丽。红狐狸浑身火红火红的,像一团火焰在雪面上跳动,姿势极其优美,线条格外妩媚动人。四哥感到内心里一个柔软的部分忽然被触动了。然后,四哥就蹑手蹑脚地靠近红狐狸,可是,雪在他脚下的呻吟声很轻易地让红狐狸发现了他。红狐狸回过头来望了他一眼,甚至还咧了咧嘴,眨了眨眼睛,白亮而又暧昧的月光下,四哥感觉那是红狐狸向他明眸皓齿的一笑。然后,红狐狸就轻盈的火苗一样地一跳一跳地跑掉了。

四哥沿着昨夜红狐狸留下的脚印走,雪在他脚下嘎嘎吱吱地响。

{ 148 }

翻过两道山冈,四哥真的看到远远的另一道山冈上的一点点红,只不过由于距离太远,看不真切。四哥背着猎枪向远处的山冈走。忽然,两只山鸡扑棱棱地从草丛里飞起,落在四哥头顶上的松枝上。四哥眯着眼睛望望远处的山冈,又抬头看看一身斑斓锦毛的山鸡,还是迟疑地摘下枪,对着山鸡瞄准。仿佛捉弄四哥似的,就在四哥准备扣动扳机的时候,山鸡又扑棱一下飞起来,蹬落的雪沫却撒了四哥一脖子。四哥很气,蹑手蹑脚跟上去,山鸡却又飞起来,落在了另一棵树上。直到黄昏时,四哥才用枪杆挑着一对山鸡进了村。

从那天起,四哥开始天天进山,也总能带着东西回来,却从来没带回来过一只红狐狸。今天是一只兔子,明天是一只狍子,后天是一只山羊。有一次,他还带回一棵老山参,一下卖了整整八百元,着实让张三、李四和王五们眼红了一把。甚至,四哥还从山里带回一个女人来。那时已是夏天了,女人进山采蘑菇,差点儿喂了狼,是四哥救了她又把她带回家。后来,四哥就和女人去了山那边,据说,山那边有更多挣钱的路子。

日子是深秋树头的叶子,而岁月是风,风一吹,叶子就纷纷落了。四哥重新回到村里的时候,已经是须发皆白弯腰驼背的老人了。几十年的光阴仿佛晃一晃就过去了,老伴去世了,儿子大学毕业后留在了城市,叶落归根,他希望能老死在山村里。四哥不能再进山了,要不倚在矮墙下晒冬阳,要不就满村子里转悠转悠。

昔日的伙计们也老了,遇到一起总有说不完的话。遇到张三,张三问:"四哥,到了那边还打猎吗?"

四哥:"打猎。"

张三又问:"四哥,后来打到过红狐狸吗?"

四哥却是一脸茫然:"红狐狸?什么红狐狸?"

遇到李四,李四也问:"四哥,到了山那边还打猎吗?"

四哥:"打猎。"

李四又问:"四哥,后来打到过红狐狸吗?"

四哥仍一脸茫然:"红狐狸？什么红狐狸?"

"红狐狸,红狐狸……"四哥自己一个人站在窗前,一边自言自语,一边回忆起往事。

那也是一个雪夜,年迈的四哥站在窗前,银子一样的月辉水一样倾洒在厚厚的白雪上,在雪面上流淌,天地间一片澄澈,柔和而明亮,让人感觉是置身在一个童话里。

四哥感觉那只红狐狸是从他已模糊的记忆深处走出来的。是的,一只红狐狸,一只浑身火红火红的红狐狸,一只精灵鬼怪的红狐狸,曾经在这样一个明亮而暧昧的雪夜,火苗一样一跳一跳的,从他的眼皮底下轻盈地逃走了。为此,他曾一次次地进山,可是,一次次地,他被另外的东西吸引,与它失之交臂。

特别是有一次,红狐狸已经受了伤,他完全可以轻而易举地捉到它。可是,就在他马上捉到它时,发现了山崖上的一棵老山参。他想,以后还会有很多机会捉到红狐狸的,于是,他停了下来挖山参。没想到,他却再也没有遇到那么好的捕捉红狐狸的机会。

"红狐狸,红狐狸……"四哥喃喃自语,混浊的眼泪一点点地流了下来。

一直到天亮,四哥被发现仍站在窗前,大睁着眼睛,却已永远睡着了。

没有人清楚,那样一个夜晚,一个老人,一个梦,那么遥远,而又那么清晰。

玩 鸟

○王彦双

提起二爷,在玩鸟人中可谓大名鼎鼎。二爷其实年龄不大,才四十出头,称呼"二爷",有尊重的意思在里面。

二爷喜欢玩鸟,但并不靠玩鸟生活,纯属个人爱好。二爷现在是一家房地产公司的老总,身家过亿。但知道底细的人说,二爷还真是靠玩鸟发家的。

二爷发家的第一桶金是靠捕鸟得来的。二爷捕鸟,和别人不同。别人都用粘网,二爷用的是滚笼。二爷手巧,用秫秸和竹条扎成一种特制的笼子,笼子分上下两层,笼肩上各配有一个能翻转的"滚子",类似翻板,滚子上串有谷穗,鸟雀落在上面啄食,滚子翻转,鸟雀就被倒扣在笼子里。

二爷说,滚鸟的关键,其实不在谷穗,而在"诱子"。笼子的上层正中间扎有一个"雅室",单独放一只善鸣的鸟(即"诱子")在里面,天空有同类飞过,"诱子"就会婉转娇啼,呼朋引类,将同类吸引诱惑下来,所以称为"诱子"。二爷靠滚鸟、卖鸟发了财,就是因为二爷有一只绝好的"诱子",那只鸟鸣声响亮,宛若金属之音,穿云破雾,声闻十里。靠着这个非凡的"诱子",二爷把每一只飞过天空的鸟都引诱到他的滚笼里。

二爷驯养鸟也是一绝。别人养鸟喂的是谷子，喝的是清水。二爷喂鸟用的是酥子，让鸟喝的是蛋清。所以，二爷驯养出来的鸟身体健壮，羽毛美丽，歌声嘹亮，很快就在鸟市上出了名，也为他赚了大钱。二爷把钱又投资到其他行业上，资金就滚雪球般壮大起来。

二爷富起来后，还是喜欢玩鸟，开着小轿车去滚鸟，滚来的鸟却又多数放了，只留下少数调教好了，送人。送的当然不是一般的人，都是些达官贵人。能得到二爷亲手调教出来的鸟是一种荣耀，所以得到二爷鸟的人都会表现得很高兴。二爷说，这每只鸟都是"诱子"。当然，二爷也送钱，二爷说钱也是"诱子"。二爷还用钱养了一群美女，二爷说，这美女是最好的"诱子"了。

认识不认识二爷的人，都说二爷了得。二爷却说自己没读过几天书，肚皮里的这点本事都是从玩鸟中学来的，这世界上没有滚不到的鸟，只要你找得到足够好的"诱子"。

二爷身边美女如云，但二爷不玩女人。二爷说，他是玩鸟的，可不是让鸟来玩的。直到二爷遇到一个玩鸟的女人。

那个女人是在二爷上山滚鸟的时候遇上的。当二爷把鸟笼挂上那棵高树时，发现不远的一棵树上也挂着一只非常精致的滚笼，而且已经有滚到的鸟雀在笼子里面乱撞了。接着，二爷就看见了树下站着的亭亭玉立、风情万种的女人。二爷很惊讶，懂滚鸟的人不多，女人就更从来没见过。所以二爷情不自禁地走过去攀谈。一谈之下，二爷就更惊讶了，女人竟然是一个玩鸟高手！

那些日子，二爷上山滚鸟的频率明显提高，直到女人成了他的红颜知己，成了他的秘书、心腹和情人。

又两个月后，二爷的公司忽然被查封。狱中的二爷无论如何也想不明白，几乎只有他一个人掌握的公司行贿以及偷税漏税的秘密是如何被纪检部门查知的。直到女人来看他，胳膊挂在另一家房地产公司老总的臂弯里。二爷盯了女人半天,才问,你是"诱子"？女人笑容可掬地点了点头。

二爷长叹一声,说,没想到我玩了一辈子鸟,最终还是让鸟给玩了！

一杯没有思想的水

走　眼

○王彦双

　　一大清早，泰昌典当行刚打开店门，就有一辆十分豪华的马车停在了门口。

　　从车上下来的老者六十多岁，步态稳健，气宇轩昂，穿着考究，左手持一支镶金拐杖，右手小心翼翼地托一只紫檀木的锦盒。老板古德鸿不在，昨日离的城，由大徒弟陪同回乡祭祖，只留下小徒弟润川打理店里事务。

　　老者径入店内，把木盒很小心地放在柜台上，轻轻打开，又层层剥开包裹的纱绸，才露出一只精美的玉杯来。润川顿觉眼前一亮。老者拱一拱手道："这位小哥，能否请出你们的老板来？"嗓音洪亮，声震屋瓦。

　　润川拱手还礼："家师有事外出，店里事务小人自可做主。"

　　老者不相信似的看了润川两眼，才将木盒略向前推了推道："这是家传玉杯，轻不示人，因事急需资金，小哥仔细看了，是否可当得五千大洋。"

　　润川轻轻将玉杯从盒中取出，见玉杯为整块白玉雕成，杯身内外，晶莹皎洁，温润滑腻，杯身上雕一条鳞爪飞扬的独龙，做工精细，神采俱现。当润川看到杯底刻有"宣和御用"字样时，心内一惊，连手

都有些颤抖起来。

"敢问老人家此杯何名？"润川轻轻问道。

"单螭杯，"老者答道，"系北宋宣和年间御用之物。"

润川又把玉杯反复鉴定了一阵，才下决心收下此杯。当即开了当票，约定当期为三个月，当期内赎当付给当铺六千大洋，三个月不赎即成死当，任由当铺处置。当期内玉杯如有损坏，则须由当铺十倍赔偿。老者揣起当票，接过润川递上的五千大洋的银票，走出店门上车，一溜烟儿不见了。

半个月后，老板古德鸿才和大徒弟从乡中返回。润川一边给师父倒茶，一边汇报半个月来店里的情况，特别提到收了一件宋代宣和年间的御用单螭宝杯。古德鸿一愣，忙叫润川取来。古德鸿反复把玩，一旁的大徒弟说："书中记载，宣和单螭杯早已毁于明人朱衡之手，这杯必是假的，师弟看走眼了。"古德鸿却轻轻摇了摇头，很肯定地说："不，这杯是真的！古人提防他人觊觎宝杯，摔个假杯障人眼目也是有的。"然后又吩咐润川，"此杯价值连城，轻易难睹一面，去遍请城中诸位名流，今晚饮酒赏杯！"

当晚，泰昌典当行店内灯烛辉煌，觥筹交错，城中名流会聚一堂。酒过三巡，菜过五味，古老板吩咐伙计取出宝杯。灯烛之下，玉杯更显晶莹玉润，众人品玩赏鉴，都称誉不已。与泰昌典当行相邻的鸿顺典当行的老板陈仲仁对古德鸿拱拱手说："古兄，此杯玉中精品，应该有些来历吧？"古德鸿放下酒杯，侃侃而谈起来："宋代宣和宝杯共有三只，都是当时治玉大师公冶光先生所雕制，分别为升天杯、玲珑杯和这只单螭杯，都是皇宫内御用之物，只有皇上皇妃才能使用，这只单螭杯犹为名贵。宋朝灭亡后，三只玉杯都流落民间，单螭杯几经辗转，流落于明人朱衡之手，无奈他的两个儿子都很不肖，为争宝杯互相诋毁不已，朱衡感到留有此杯必致兄弟反目成仇，就在两个儿子面前摔了此杯。但今天看来,当年朱衡使的是障眼法,摔的是赝品,否则我等今天也就难睹此杯芳容了。"大家听了,无不点头称是。

　　古德鸿吩咐小伙计将玉杯捧回楼上,来客重新举箸饮酒,却听"啪"的一声,来客循声望去,却见小伙计摔倒在楼梯上。古老板惊叫一声奔过去,捡起的却是一堆碎玉,顿时清泪纵横,哭道:"没想到一代宝杯竟毁于我手!"客人们也大惊失色。当晚宴会不欢而散。第二天,单螭宝杯被摔碎的消息不胫而走,举城皆知。

　　两天之后,还是那辆豪华的马车,车上下来的还是那位气宇轩昂的老者。老者怒冲冲地走入店内,一副兴师问罪的架势。"啪"一声将当票拍于柜台上,大叫:"你们毁了我的宝杯,快赔我五万大洋来!"古老板不慌不忙上前问道:"老人家,您可是鸿顺典当行陈仲仁老板的师父——专制赝品的刘妙手刘师傅?"老者一愣,但随即一翻眼皮,说:"我是刘妙手不假,但你们毁掉的却是真品,叫你店里赔偿五万大洋已是便宜了你!"古老板微微一笑,吩咐润川:"速将刘师傅的'真品'取来。"润川把紫檀木的锦盒取出,放在老者面前,说:"老人家,请您过目,看是不是您当初所当的玉杯,如果无误,还请您还给小店当银六千大洋。"老者吃惊道:"这怎么可能?"反复观看玉杯,却是自己所制赝品无疑。古老板仍然一脸笑意:"老人家不要多疑了,那晚摔破的玉杯是比您这杯还要假的一个赝品!"老者一脸惭色:"我一辈子尽让别人走眼了,想不到这次自己却走了眼,入了你们的圈套!"言罢,掷杯于地,丢下银票羞愧而去。当夜就搬离了古城。陈仲仁也羞于再见古老板,于大家的议论中惶惶不可终日,几天后,鸿顺典当行在一个夜里悄无声息地搬走了。

　　街谈巷议说,鸿顺典当行的老板陈仲仁师徒本想设谋挤对走古老板,没想到古老板巧妙设局,反把鸿顺典当行自己挤对走了。

张章李理

○左明戈

张章掉入了地窖。还好,双脚落地,没有受伤。

地窖口小肚大,三四米深,四壁无依无靠,根本爬不上去。

他大喊救命,可没有一点用处,外面除了蝉鸣,一点动静都没有。

肚子早已饿了,口渴得更是厉害。他停止了呼喊。他得保存体力,拖延时间。

外面有沙沙的声音。他立即大喊:"救命——救命——"可是外面的响声一下子就消失了。也许是野兔什么的经过吧,他想。什么人什么时候在这儿挖这么个地窖干什么呢?害死我了!他埋怨着。

天黑了。张章有了一点儿绝望。他从身上摸出了一个塑料袋,接住了自己撒出来的尿。他知道,没有水,他挨不过几天。要想多活几天,只能靠尿了。

他不知道自己睡着了没有,他也不知道天什么时候亮的。他突然听到有人在唱歌。他来了劲儿,大喊:"救命——救命——"

"谁喊救命?你在哪里?"

"我喊救命,我在地窖里,"张章听出了来人是李理,"李理,救命——"

来人果然是李理:"原来是你?不救。"

李理在地窖口露了露头,走开了。

"求求你,李理,求求你,李理——"

张章绝望了。早知有今天,他就不该和李理结仇了。

过了一会儿,李理又回来了,并丢下了一根绳子:"捆上,我拉你上来。"

"啊,谢谢,谢谢。"

张章捆好绳子,李理把他拉了上来。

李理扶张章回村里。

"这地窖什么时候什么人挖的呀?"张章问。

"听我爹说是三四十年前公社的人挖的,那时粮食不够吃,只好窖些杂粮吃。"李理回答。

"哦。"

到了村口,他们看见李理的妻子背着儿子出了门。

"怎么回事儿?"李理放开张章,跑上前去。

"儿子被蛇咬了。"李理的妻子含着泪水说。

"我来看看。"张章走上前,"天啊,是被五步蛇咬的,送医院来不及了,让我来试试。"

张章立即对李理的儿子进行抢救。伤口在小腿处。张章用嘴吸蛇的毒液,吸一口吐一口,然后跑回家拿出自制的蛇药,给孩子敷上。

李理的儿子得救了。

"想不到你还会治蛇伤,谢谢你。"李理说。

"是我要谢谢你。"张章说。

张章找来锄头,就要填臭气熏天的粪坑:"我要在这里栽桂花树。"

"你肯定饿了,吃了饭再填嘛。"李理说。

"哦,我已经饿过头了。呵呵。"

原来，张章李理是邻居。张章想买李理的一块地皮，李理不卖，张章就在李理屋边挖了个坑，专装粪水，搞得李理家连窗子都不敢开。李理跟张章讲了多次，张章理都不理。于是两家成仇，已有两年互不说话。

李理的妻子将一碗鸡蛋面端到了张章手里。

村里的老槐树上，传来了喜鹊的叫声。

飘落的梦

○左明戈

七夕那天,他再次来到她的城市。走着,看着,寻找着。

他沿着散发着香樟树香味的人行道慢慢走着,不觉就到了一个广场。广场里阳光灿烂,游客如织。导游举着一面旗帜,滔滔不绝地做着介绍。广场周围栽满了桂花树。一个月后,这些树就会开花。那时这广场不知道会有多香。

在这牛郎织女相会的日子,要是她能出现那该多好!他要问问她,为什么不守诺言?为什么一去不回?牛郎织女一年会有一会,为什么自己这么多年都不能与她一会?

他走着,想着,寻找着。

香樟树散发出阵阵清香,让他忘掉了不少忧伤。

一路上美女很多,却没有看见他要找的那一个。

她怎么能放弃他们的海誓山盟呢?

那个曾经和他相爱的人,那年曾在他的城市他家附近打工。他们相识了,相爱了。他们发誓,他非她不娶,她非他不嫁。她说回家去看看姐姐和姐夫,就回来和他结婚。可她一去不回,杳无音讯。

他只知道她的城市,具体在城市的什么地方他一无所知。

他不停地走着,寻找着。他不想求助别人,他只想一个人默默地

寻找。从太阳升起，找到夜幕降临。

晚饭过后，他来到一条河边。沿河堤散步的人真不少：男男女女，老老少少，舒活舒活筋骨，抖擞抖擞精神，把一天的疲惫，抛入河水里，把花草树木的清香，吸入鼻孔吸入内脏里。

有几对情侣拿着孔明灯来到河边，展开，架好，点燃，彼此许愿，然后放飞。一盏盏孔明灯升上夜空，与星光交相辉映，把七夕的夜装饰得神秘而又美丽。

他们多么幸福！他想，要是她在身边，那该多好！她在哪里呢？她还好吗？为什么会一去不复返了呢？那时，他多幸福！她依偎在他怀里，多么令人陶醉！

他多么希望夜晚散步的人群中，出现她的身影。可是，没有，没有。他一无所获，不得不无奈地回了宾馆。

问君能有几多愁，恰似一江春水向东流。

他在床上辗转反侧。不知过了多久，他终于睡着了，并做了一个美妙的梦。梦里，他见到了她。她漆黑的头发自然起伏地搭在肩上。清澈明亮的瞳孔，弯弯的柳眉，长长的睫毛微微地颤动着，白皙无瑕的皮肤透出淡淡红粉，薄薄的双唇如玫瑰花瓣娇嫩欲滴。她说，她天天都在想念他，她的心里只有他，她永远永远地爱着他。他把她紧紧地抱在怀里，泪流满面。

第二天，他终于在河边的香樟树下遇见了她。她依然美丽，只是身边多了个女孩。她结婚了？他心里一阵难过。互相问候后，他谎说自己也结婚了，也有了一个可爱的女儿。

人行道上，挥手道别，熟悉而又陌生的背影互相祝福着对方。

路上，女孩说："姨妈，那位叔叔为什么那么忧郁呀？"她不回答，只是偷偷地擦着眼泪。

那年她姐煤气中毒，成了植物人。姐夫逃避责任，远走高飞。她被迫放弃誓言,担负起照顾姐姐和外甥女的责任。

而这些,他一点儿也不知道。

他控制着自己的情绪,不让泪水从眼里滑落下来。

他期盼多年的梦,犹如空中的羽毛,片片终于飘落。

免费手机免费打

○左明戈

晚饭后,怡怡从口袋里拿出了一部手机。手机面板上粉红的花朵和五彩的蝴蝶,给人一种温暖的感觉。

怡怡拨通了妈妈的电话。

"妈妈,我有手机了,是一台可以免费打电话的手机,是爱心公司搞活动时赠送的。以后我就可以天天给您打电话了。妈妈,我好想您。"

"啊,那太好了。我也好想你。"

怡怡的爸爸妈妈在怡怡一岁的时候就离婚了。怡怡是妈妈一手拉扯大的。妈妈下岗后,母女俩的生活就更艰难了。为了让怡怡读大学,妈妈打了两份工。

正在这时候,手机里忽然传来了一位年轻而又富有魅力的男性的声音:"本电话由爱心公司承担一切费用。请别客气,尽管从容不迫地享受通话的乐趣吧。不过,请允许本公司在诸位通话的过程中插入一些小小的广告。请选购'爱心'牌电器产品。质量可靠,价格便宜……"

广告终于结束了,母女俩又可以通话了。

"妈妈,我参加学校里的书法比赛进入决赛了,如果能拿到第一名,就可以获得八百元奖金,您就可以少给我寄一个月的生活费了。"

"哇,你好棒! 祝贺你。"

广告节目又插了进来了,这回是个温柔的女声:"重现肌肤活力,焕发青春光彩。'爱心'牌美白膏可持续淡化黑斑和雀斑,并抑制黑色素的生成,使肌肤看上去更白皙、更纯净,让您的生活更精彩!"

广告停了,女儿赶快说话:"妈妈,你可要注意身体,别太累了。"

"放心,妈妈的身体好着呢。你要注意营养,别太节省。"

妈妈的话刚说完,广告节目又开始了:"'爱心'牌强力补——最有效的营养滋补佳品。每一粒药片里面都充满了青春的活力,使年轻人有使不完的劲,使老年人返老还童……"

"妈妈,有个男同学对我说,他喜欢我。我怎么办呀?"

"你可以和他接触,可以去了解他。但不能因此而影响学习,特别不能被花言巧语所迷惑。"

广告很快又来了:"姐,我又怀孕了。""不要怕啊,我上次怀孕就是在爱心医院做的人流,很专业的。我们姐妹都去那儿。""爱心医院妇产科,特举办大型优惠活动,学生凭学生证做人流六折。"

"天啦! 什么乱七八糟的广告呀!"妈妈说。

"妈妈,你放心,我不会谈恋爱的,更不会和男同学乱来的。"

"现在社会很复杂,你自己得多加小心。"

"嗯。"

手机里又传来了广告的声音:"处女膜修补术就是通过整容外科手术的方法将已经被破坏的处女膜重新还原或再造一个新的处女膜。处女膜修复哪家医院好? 当然是爱心医院好。学生凭学生证可享受五折优惠……"

我的大学

○孙楚

当工长瞥见我铺上乱扔着的那本书时,嘴角里就只剩下了耻笑。

没错,问题就出在这里。而且我可以现在就向你坦白,这里要讲的其实不是我上大学的故事,而是一本叫作《我的大学》的小说。

严格意义上来说,整个事情与小说的内容也没有什么关系,有关的仅仅是这个书名。

鸟蛋!工长说,上大学有啥出息?刚来的那几个大学生,工资比你还低!

我觉得这人不但粗野,而且不可理喻。有些事情是不能用钱来衡量的,尤其是当钱越来越不值钱的时候。

但我懒得和他说,因为我打不过他。

工长的力气,在我们之中是数一数二的,所以他赚的钱也最多,身份也最被看重。

就是因为看到了力气和钱数成正比,这才让我深感绝望,对这份工作失去了信心。

你还小,再长长身子板就硬了。下铺的老郑安慰我说。

对此我不置可否,只好胡乱地翻我的小说。

但是小说里没有答案,小说里讲的发生在国外的事情离我太远

了,并且情节和书名毫不匹配。我又开始为我的三块钱不值。

我曾试着和摆摊儿那老头商量,拿两元五角重新把这本书收回去,但老头用一种你以为我是白痴的眼光瞪着我。最后我终于懂了,这书就算白送给他,可能他都嫌占地方。

现在好卖的是这种,老头好心指点我——的确很合工长他们的脾气——什么言情悬疑、重重黑幕、情仇厮杀、八卦算命、彩票中奖……我不知道这个单子要排到什么时候才能排到我手里的这本书。

而且就如同这本书一样,立在街头的我觉得和这个城市也一样格格不入,似乎只有凌乱的工地才能给我真正的亲切感。

所以这书就和我铺盖上的那个破洞一样,被推到墙角,要不是半夜总硌得我脚疼,甚至可能我就此把它给彻底忘掉了。

没想到后来被工长无意中看到,所以就有了开头的那声耻笑。

但我并不怪他,我也知道他烦,他供儿子供了四年,好不容易毕业了,找到的竟然是一个才一千多块钱的工作。说是坐写字楼办公室的,其实干的都是一些打杂的事。

一年要花老子一万块钱!工长的脖子都喝红了,喷着酒气说,毕业了才一千来块,老子干的是赔钱的买卖!

我觉得事情不能这样看,一切都要以长远眼光来考量。何况,人的满足感不只是来自于钱。

问题是被工长揪住脖子的味道,实在是不好受,我也才知道自己有多嫩,怪不得大家刚才溜得一个比一个快。

你说——工长喘着粗气,这样的学你上不上?!

我当然想上,问题是我更想明天能够完完整整地去上工,所以我拼命摇头。

可能是我摇得不够好吧!工长给了我一巴掌,我那个气啊!一个酒瓶就砸到了他头上。

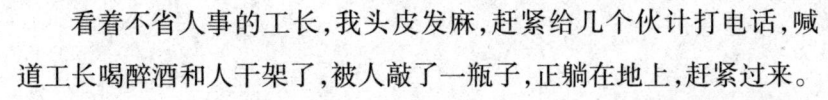

看着不省人事的工长,我头皮发麻,赶紧给几个伙计打电话,喊道工长喝醉酒和人干架了,被人敲了一瓶子,正躺在地上,赶紧过来。

等几个五大三粗的同伴气势汹汹地杀回来时,我顺手往黑的地方一指,说往那儿跑了,俩人,一高一矮一胖一瘦,估计是来偷东西的!

同伴们轰隆隆像几只蛮牛一样,冲了过去不见了。喂!我张大了嘴愣在那儿。他们不是至少应该留下来一个协助救人么?!敢情就是我了?

工长的头还在流血,因为那么一点愧疚,我把车钱和包扎上药的费用都掏了。

我时不时地还是会去翻翻我的那本小说,虽然我知道从那里找不到我想要的东西。翻着翻着,后来,甚至连书皮都没有了。

对了,我忘了告诉你那本小说的作者。不过说不说又有什么必要?请问又有谁真的在乎。

一杯没有思想的水

风的旨意

○孙楚

他们已经决定分手,但是突然之间,又万分不舍。

事情拖了一个月又一个月,原本光华四射的女人,已经变得憔悴不堪。她自己也搞不明白,自己这究竟是在等什么?等着他的突然改变,还是等着自己再次回心转意?

终究还是男人没有撑下去,他说,来,闭上眼睛,跟我走。

这一走可还真不近,等下车,女人被迎面而来的一阵风吹醒,已经是身在一个完全陌生的所在。

因为先前一直混混沌沌的,女人到现在都没有明白过来自己是在什么地方。男人做了个噤声的动作,说,别问,跟我来。

她的心,就这样一下子湿润起来。因为这个场景,和他们的初次相遇一模一样。

她忍住才让眼泪没有掉下来,但是男人太调皮了,又或许是她突然彻底放开了自己,终于一下子泪雨如花,连哭带笑被呛得喘不上气来,阴郁的心情排放一空。

她用拳头使劲地擂他,说,叫你嘚瑟叫你嘚瑟!

可不是,原本多么悲伤的一个情景,叫他搅和得气氛全无。

他嘻嘻哈哈地拉着她走,她整个人别别扭扭地跟在后面,但是脚

下的步子却万分轻快。

景色真的很美，也许是因为心情突然大好的缘故，总之他们很尽兴，甚至一条碎石小路，也能并肩走得趣味盎然。

他们在一棵长相古怪的树下，聆听了鸟雀的啁啾；在一个人迹罕至的小瀑布前，感受着午后水影晃动中的游鱼。

她甚至尖叫着在一块好看的石头后面发现了自己的名字缩写，那块石头隐藏在瀑布中，那字迹的色泽还有覆盖在上面的苔藓，都说明这不是才刻上去的。

她扭过身来瞅着他。其实她不知道，就在她脚下的那些鹅卵石背面，还有更多。

这一切真的很美！

她问，为什么？

他把手指放到嘴唇上，做了个嘘声的动作，说，别问，因为这本来就是要给你的。

她哭了，牙齿狠狠地咬进了他的肩膀。

下一个地方依然很远，飞机到底飞了多少个小时，懒得去数。那里很安静，没有高楼大厦，没有光华闪烁的霓虹灯招牌，没有如织的游人，恬静流淌在偶然遇见的每个人的脸上。而时间似乎像一洼被积攒住的水，不再流动，只是偶尔微起荡漾。

就在她愣神儿的那会儿，不知从旁边小路的哪处拐角，一条土狗懒散地晃了出来，成了整个场景中唯一的焦点，然后停在她脚前。她好奇地蹲了下去，但是这狗很不容易讨好，总是一副木木的表情望着她。

后来有人指点她才明白，原来是自己占住了它晒太阳的地方。

她为之气结，更为男人那"美女不是万能的"的调笑愠怒，于是决定开始讨厌这只狗。

然而那狗趴在那里,抬起腿在脖子上搔痒,然后挪了个身,把屁股无礼地朝向她。

这真不是有意的,但是女人猛一拽男人的衣袖。男人犹犹豫豫地瞅瞅周围,然后突然用脚尖儿,把那狗挑到了旁边的积水中,一片水花。

还是被人家看到了,两人在一阵怒喝中落荒而逃,终归还是没逃掉,因为女人崴了脚。

那狗还傻乎乎地不知道发生了什么事儿,但是人家主人可是清清楚楚。赔钱?不要!

女人傻眼了,小声对男人说,是你踢的,你去求那条狗原谅你吧。

还真没难为住男人,女人顿时觉得这一切不会都是有预谋的吧?因为那狗被男人搔痒搔得眉开眼笑,哈拉着舌头,一副享尽人间富贵繁华的模样。

狗主人和男人聊了几句,好像很满意。女人问刚才你们讲的什么,男人说,他问我是不是很熟悉当地的这种狗,我说当然,因为我原本就打算以后到这儿养老的。

女人沉默了。她想起来了这茬儿,男人说过有个地方很适合他们一起终老。

她问,我会不会后悔?

男人知道她在说什么,说,只要你以后过得幸福,就不会后悔。

女人哭了。她想起小时候陪着妈妈看电视剧,她不解地问妈妈,他们喜欢对方,为什么不在一起?

妈妈正看得泪眼婆娑,没工夫理她,含糊道,傻丫头,要是相爱的人都可以在一起,那就不是人世,而是天堂了。

谢谢你,妈妈;再见,亲爱的。

赞美一棵树

○孙楚

"一棵树有什么值得赞美的!"

如果你这样想,只能说你是真的还没有亲眼见过这棵树。

只要你住得足够近,或者有一天你住得足够近吧,一打开窗子,你就一定能瞧见它。即便你因为各种原因暂时住得稍远,哪怕是此刻并不在这个城市,你也能从各种连篇累牍的新闻播报中一窥它的影子。

实际上全世界都在讨论它,各地有关无关的专家都一窝蜂挤到现场,好做第一手的观察研究。

它真的是太特别啦!完全就是一夜间出现在了这个城市的正中央,耸立在交通的大动脉上,那垂下的枝条把整座大立交桥给掩盖了起来。这立交桥的规模据说是这个星球上数一数二的,内部结构错综复杂,刚建成那阵儿曾经有个不知天高地厚的银行劫匪,逃窜时飞车闯入,最后因为迷路差点饿死在里面。

后来即便每天都有三位数的交警在立交桥里执勤,依然还时不时会发生走失甚至是失踪事件。

但是现在,所有的入口出口都被盘根错节的枝丫封堵住了,整个城市原本流淌的节奏为之一顿,人们发现自己的生活突然被定格了。

城市管理者们紧急研讨应对方法,但是会议的效率极为低下,因为交通不畅——或者直接说"中断"——的原因,很多人始终无法赶到开会现场,而远程会议的低效就不用多说了。平时他们开会就爱吵,这会儿隔着屏幕争执起来一上火,更是打开家里的电视躺沙发上看娱乐秀去了。

这边儿始终拿不出主意,那边儿大家的生活却无法真正停顿下来。

可是男人们现在都上不成班了,怎么办?老婆们开始行使大权嘛,毕竟家里是她们的天然领地么。从门前摆放的那块迎宾地毯开始,一直到阳台边儿的犄角旮旯,下至灰尘上至无意闯入的蚊子,全归她们管。

要搁以前,男人们还可以说"我要上班""我有聚会""我……"但是现在这些统统都不灵了。所有的借口都塞到喉咙里,憋成一句"老婆我爱你"的颤音。这战抖的幅度是随着钱包干瘪的程度增加的。但女人们的回答通常好像似乎就是:你说什么呀?我没听清。

更高兴的是小孩子,耶!可以安心看电视玩游戏了,作业没做完的也不用害怕了,因为大人们都说了,就算是整个城市里每个人都变成一把锯,要把那树给锯掉也得一年两年。

每个小孩子心中曾经有的梦想,竟然一下子成真了。这个世界真的可能迎来第一代不用上学而整天放假的孩子。

问题是因为大家整天都待在家中,所以整个城市的小偷都失业了,生活很凄惨,甚至他们前一阵儿还试图提起诉讼,抗议失业保险救济里没有把"盗窃从业者"纳入救济范围。虽然同情的人不在少数,可是这个大家真的是爱莫能助。因此当有人面黄肌瘦地在路上拦住你,说自己是一个小偷时,你就尽量地翻一翻口袋吧,哪怕只找出一片废纸,也分给对方一半。因为他们现在实在是太可怜了。

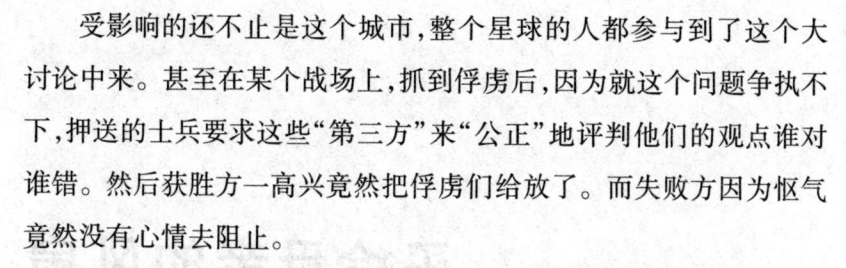

受影响的还不止是这个城市,整个星球的人都参与到了这个大讨论中来。甚至在某个战场上,抓到俘虏后,因为就这个问题争执不下,押送的士兵要求这些"第三方"来"公正"地评判他们的观点谁对谁错。然后获胜方一高兴竟然把俘虏们给放了。而失败方因为怄气竟然没有心情去阻止。

乱了乱了!大家也没心情打仗了,世界难得地安静了下来。罢工游行抗议什么的也都暂时偃旗息鼓,现在所有人整天盯的不再是手机,而是重新回归到了电视前面,毕竟那小屏幕盯着太费劲儿了。人与人之间的交流重新被广泛地建立了起来。邻居们之间也更相知友爱了。

问题是,始终没人知道这究竟是怎么样一棵树,它没品没种,也不见结果子。它的突然出现本来就是一个很奇怪的事,而研究来研究去,除了大家一眼看去都知道那就是一棵树之外,其他的什么也分析不出来。

也许……有的人说,它就是为了给我们某个"预示"而来的!

整个星球的人都为这个"顿悟"而兴奋,大家觉得这一定会是一个新时代的到来。

所以,收拾好行李,我们也出发吧,兄弟!让我们也去看看那究竟是怎样的一棵树吧。

买给母亲的风扇

○宋炳成

九岁那一年的夏天，天气特别热。就在这一年，一场突来的疾病夺走了父亲，撇下孤苦的母亲和我相依为命。母亲整天以泪洗面，泪水和着汗水在她的脸上恣意流淌。

看着母亲前额的头发都湿了，贴在脸上，少不更事的我随手拿起身边已经毛了边的蒲扇给母亲扇着说："娘，别哭了，爹走了还有我呢，我也是男子汉，以后我来照顾你，等我长大了，我给娘天天买好东西吃，对了，还给娘买个风扇，那时候，娘就不用这样淌汗了……"

娘一把将我搂进怀里，紧紧地。

娘说："娘的下半辈子就指望兴儿了，兴儿给娘争口气，好好上学。"兴儿是我的乳名。

我郑重地点着头，在心里发誓，等我有了钱，一定先给娘买个风扇。我知道，除了努力学习，我没有更好的方式来报答娘。

白天要帮娘干些农活，复习功课就放在了晚上。记得那时候的夏天特别热，母亲就拿着毛了边的蒲扇坐在我身边，轻轻给我扇，看着母亲的衣服都湿透了，我说："娘，你自己扇扇嘛。"

母亲就将蒲扇向自己偏了偏，笑着说："你看，我这不也能扇着吗？"

我说："娘，你看你脸上的汗，连衣服都湿了。"

母亲说:"不碍事儿,娘不热,你学你的,你学你的。"

我说:"娘,等我考上大学,有了钱,一定给你买个风扇。"

母亲知足地望着我,笑着对我说:"好,娘就盼着那一天呢。"

我没有辜负娘的期望,学习成绩一直名列前茅。十八岁那一年,我顺利地考入了大学。毕业后,我留在了省城工作。

不知是因为办公室里的空调让我感受不到了夏天的炎热,还是别的什么原因,在我领到工资的那一刻,我竟然忘记了自己的承诺,忘记了给住在乡下的母亲买一台我许诺已久的风扇。

直到有一次回家,看到母亲摇着毛了边的蒲扇,才猛然想起买风扇的事儿。我借了邻居家的自行车,急匆匆地出了门,赶五里路到镇供销社买回了一台风扇,我想,母亲看了风扇一定很高兴的。哪知母亲见我买了风扇,气得脸都红了:"你这孩子,怎么这么铺排,以后,你用钱的地方多着呢,要攒钱买房,攒钱成家,还要攒钱养个娃娃……这些都要用钱呢!"

我说:"这个牌子的风扇可是名牌产品,价格又便宜,都买回来了,你就安心用吧。"

母亲唠叨着说:"好是好,可还要用电呢。"

我走后的第二天,母亲就把风扇退了。看着店主鄙夷的脸,母亲说,她有腿疼的毛病,怕风,家里就她一个人,这么好的风扇放在那里不用可惜了。

就这样,直到母亲去世,她也没有用上风扇。

母亲入土的那一天,邻居张婶对我说:"别忘了给你母亲带上一台风扇,你娘活着的时候,常念叨你给她买的那台风扇好呢。"

跪在母亲的坟前,望着身旁的大风扇,我好想对母亲说些什么,可一时竟然泣不成声,我想,这次,这台风扇母亲会欣然接受的。

这是一台纸糊的风扇,只花了五块钱。

一杯没有思想的水

飞得更高

○宋炳成

麦子打开舅家表哥送给他的录音机,放进从同学家借来的磁带,汪峰那激扬的歌声便响起来,麦子特别喜欢听这首《飞得更高》:"生命就像一条大河,时而宁静时而疯狂。现实就像一把枷锁,把我困住无法挣脱……我知道我要的那种幸福就在那片更高的天空。我要飞得更高,飞得更高。"麦子觉得歌中唱的就是自己的命运。

麦子家里穷,麦子爹给他取这个名字,就是希望麦子将来生活好,能顿顿吃上用麦子磨成的白花花的面粉。

麦子爹黑瘦黑瘦,走起路来一拐一瘸的——那年春天,麦子爹上山采石,让滚落的山石砸断了腿,落下了残疾。麦子爹艰难地经营着四亩农田,一年到头挣不了几个钱。麦子爹也想出去打工,可麦子的娘无人照看,她身体不好,常年卧病在床,连干家务的气力都没有。麦子还很小的时候就成了爹的帮手,春天帮种,秋天帮收,平时还要帮着干家务,麦子知道他攀不得别人家的孩子。

麦子爹常跟麦子说:"麦子呀,爹知道苦了你,可爹没有办法,咱人穷志不能短,你可要好好念书啊,要是能考上大学那才叫出息呢!"

麦子常想,人虽然无法选择他的出身,但却能选择以怎样的态度面对生活,无论面对怎样的困苦,人总应乐观向上,去追逐那心中的

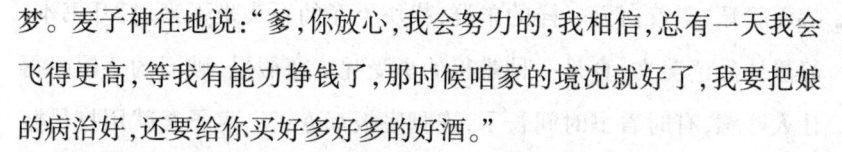

梦。麦子神往地说："爹，你放心，我会努力的，我相信，总有一天我会飞得更高，等我有能力挣钱了，那时候咱家的境况就好了，我要把娘的病治好，还要给你买好多好多的好酒。"

麦子的爹就幸福地笑道："我就盼着那一天呢。"

麦子学习很用功，麦子的成绩很出色，小学的时候一直是镇里的年级第一。为了给麦子提供更好的学习环境，麦子小学毕业那一年，麦子爹让麦子报考了县城最好的中学。麦子知道爹肩上的胆子更沉了。城里的学校离家二十里，麦子只好吃住在学校，每个星期回家一次拿饭。麦子说："学校里的馒头吃不惯，还是家里的煎饼香。"麦子爹知道，其实麦子是为了给家里省钱，麦子爹眼神黯淡地说："难为你了，孩子。"

麦子不怨爹，他甚至很感激爹，他知道爹已经为他尽了最大的努力。

"我要飞得更高，飞得更高。"麦子憋着一股劲儿拼命地学习，他知道命运就掌握在自己手里，要想改变，必须努力，他别无选择。在日记里，麦子这样写道："我普普通通，在芸芸众生里，没有谁能认出我，没有谁能注意我。在我的背后，是没有依恃的空荡；在我的手里，是一把没有利刃的斧头。我无法奢望，背后的空荡会推我一把，没有利刃的斧头，劈不开满是荆棘的人生路。我普通，却不甘愿普通，无法埋怨谁，也无法依靠谁，我只能凭自己忘我的奋斗，有一份奋斗就有一份成功的希望。"

为了学习，更为了省钱，麦子几乎放弃了自己所有的爱好，只要是和花钱有关的活动，麦子都不会参加，他要做的只有专心致志地读书。星期天或者假期里，麦子除了帮爹干些农活，收拾家务，剩下的时间全用在了学习上，就连到山上放羊，麦子手里也还拿着书。麦子没有觉得苦，倒觉得有几分诗意，山上到处郁郁葱葱，微风轻轻地吹

拂着脸颊，望着白云一样的羊群，找块干净的石头坐下来，打开书本，静静地品读美文，真是一种难得的享受呢。寒假里，破旧的茅屋冻得让人哆嗦，有时看书时间长了，连脚底板都冻了。麦子爹就用打吊瓶用过的玻璃瓶灌满开水，放在一个盛有软草的筐子里，让麦子用脚踩着取暖，那股温暖的感觉迅速传遍麦子的全身。麦子感激地看着爹日益黑瘦的脸，心里下着决心，一定要用最好的成绩来报答爹。

中考的时候，麦子以全县第一名的优异成绩考入了市立一中，那可是全市的重点学校啊，只要进入了市立一中，也就基本上迈进了全国重点大学的校门。

爹高兴得眼泪都出来了，可很快爹就低下了头，爹低声说："麦子，咱不去市立一中了，高中就在县城读吧。"爹叹了一口气，"家里实在拿不出那一千元的学费呀。"

麦子说："爹，学费的事我自己解决，再说还有一个多月开学，我可以去打工再挣些生活费呀。"

看着爹疑惑的脸，麦子从放书的木箱里翻出一个大纸包，一层层地打开："爹，你看这些足有九百多块呢。"

里面除了十几张十元和五元的钱外，全是角票。

麦子说："这是你给我坐车的钱，还有吃饭的零用钱，我都攒着呢。"

爹问："你去上学没坐车？"

麦子说："我都是走着去，走着回来。"

爹问："那饭钱？"

麦子说："我一天吃两顿饭就能凑合了。"

捧着那个大纸包，麦子爹的眼泪不争气地涌出来。

麦子擦把泪，昂头望着湛蓝湛蓝的天，很久，很久。

麦子说："爹，您放心，一切都会过去，一切都会好起来的。"

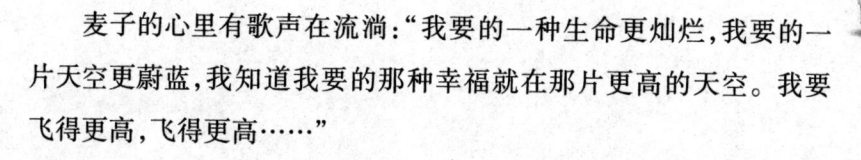

麦子的心里有歌声在流淌:"我要的一种生命更灿烂,我要的一片天空更蔚蓝,我知道我要的那种幸福就在那片更高的天空。我要飞得更高,飞得更高……"

没有天哪有地

○宋炳成

在我很小的时候,我的生母就因病去世了。

没有了母亲的疼爱和呵护,就像失去了遮风挡雨的伞,我哭着,整天向爸爸要妈妈。

有一天,爸爸很晚才从外面回来,身后跟着一个女人,还有一个比我稍小点的女孩。爸爸说:"过来叫妈妈。"在我心中只有一个妈妈,我怎么能管别人叫妈妈呢?我把脸一扭:"我妈妈早死了,我才不叫呢!"爸爸抡起巴掌就要打下来,女人一把拽住爸爸,还从兜里掏出一把糖哄我。也不知道为什么,我竟莫名其妙地恨她,抬起手,把糖打落。

小女孩有些害怕,躲到她的身后,紧紧拽着她的衣襟。女人没有介意,倒了一盆温水,拉着我,给我洗手、洗脸。女人再也没有走,成了我的继母。

父亲把家交给了继母。父亲以前挺有主见的,但自从继母来了以后就没了主张,无论大事小情都和继母商量,有时候,意见不一致也争不过继母,最后还是由继母说了算。但我能看得出来,继母对父亲很好,当然,继母对我也挺好,只是我总觉得和她有隔阂。

一天,她下班回来,看到我在床上躺着,满脸通红,摸了摸我的额

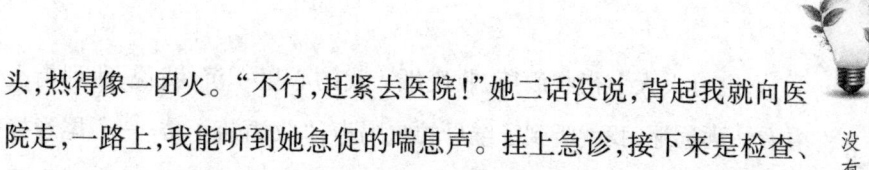

头,热得像一团火。"不行,赶紧去医院!"她二话没说,背起我就向医院走,一路上,我能听到她急促的喘息声。挂上急诊,接下来是检查、皮试,忙碌了好一阵,我终于躺在床上挂上了吊瓶。她松了一口气,眼巴巴地看着我说:"儿子,你可把我吓坏了。"我很难受,浑身都疼,以前从来都没有这种感觉。我说:"这一次,我恐怕是不行了。"继母用湿过的毛巾在我脸上轻轻地擦拭着:"儿子,别瞎想,有妈呢。医生说了,只是感冒,没什么大碍的。"她攥住了我的手,紧紧地,我能感觉到她的手有了力度。她前额的头发湿了,贴在脸上,我的心里一阵酸楚,两眼有些湿润,喉结动了几下,但那两个字还是没能喊出。

初中毕业那一年,我和继母带来的那个小女孩——不,我的妹妹——同时考上了高中。那时,家里实在是太穷。父亲说:"让女儿上吧,女儿比儿子学习用功,成绩也好。"继母说:"还是让儿子上吧,女儿再读几年书,还不是要嫁人?"为这事,父亲和继母吵了一架,但后来,还是没有拗过继母——我坐在了高中的教室里。当时我对继母并没有心存感激,好像继母来到这个家就欠了我什么似的。多年后,我和妹妹说起这件事,妹妹说,那一晚,妈妈抱着她哭了整整一夜。我的眼里溢满了泪:"哥对不起你,坐进教室里的应该是你。"妹妹笑着说:"都过去这么多年了,我早就忘了。哥,我不会怨你的,也不会怨妈,当时没有那个条件啊。"

高中毕业后,我顺利地考上了大学,一家人高兴了没有多久,就为我的学费犯了愁。爸爸和妹妹所在的公司效益不好,刨去吃喝剩不了几个钱,而继母所在的厂子又倒闭了。继母说:"儿子,你只管专心念书,钱的事有我和你爸呢,再说了,你妹妹现在也能挣钱了呢。"学费怎样凑齐的,我不知道,我只记得,开学的那一天,我穿着继母给我做的新衣服高高兴兴地去了大学。

寒假,回家的那天中午,我没有看到继母。听妹妹说,为了积攒学费,继母天天上街收酒瓶、收废纸。我的心里一沉,我说,我到街上看看。远远地,我就听到了继母的吆喝声:"收酒瓶子喽——"尾音拖得很长,满街飘荡。继母吃力地蹬着满载废品的三轮车,我赶紧迎了上去,看到继母又黑又瘦,还穿着多年前厂里发的早已退去颜色的工作服。那一刻,我才真正懂了,继母是把所有的希望和爱都给了我,我轻轻地喊了一声:"妈。"继母抬起头,满脸意外的惊喜:"聪聪回来啦,怎么不说一声,妈好去车站接你。"我的鼻子不由一酸,不远处一家音像店传来一首老歌,是苏芮的《酒干倘卖无》:"从来不需要想起,永远也不会忘记。没有天哪有地,没有地哪有家,没有家哪有你,没有你哪有我。假如你不曾养育我,给我温暖的生活,假如你不曾保护我,我的命运将会是什么……"泪水沿着脸庞流了下来,模糊了我的双眼。

雪夜中的小木屋

○ 曾明伟

　　林德元先生是一名出色的医生,不仅医术高明,而且乐善好施,深得药柏镇居民的尊敬和信赖。凡是药柏镇的危重病人经他治疗,无不转危为安。由于长年奔波和劳累,林德元先生变得十分苍老和疲惫。最近几次出诊,他明显感到体力不支。但这个开朗又倔强的老头,却不把这当一回事儿,每天坚持按时出诊,雪原中总是出现他孤独的身影。即使这样,药柏镇的居民仍担心他有一天会从他们的生活中消失,这是不敢想象的事,要他千万保重身体。他的助手小柯也曾忠实地警告他:你必须老老实实休息,否则你将一病不起,一病不起!

　　这一天傍晚,林德元从老人村出诊归来,心情愉快,虽然天上飘着雪花,他仍然要在天黑前赶回药柏镇去,以证明自己的身体是如何硬朗,看药柏镇的居民和小柯还能不能小瞧自己。

　　林德元驾车一路穿行在丘陵起伏的林间雪原上,天上雪花纷飞,笼罩四野,引擎盖被雪花厚厚覆盖上一层。公路上积雪很深,林德元加大油门艰难前行。翻过一个山坡,汽车嘎嘎两声陷进积雪,无法动弹了。林德元下车推、刨,仍然不能使车轮离开原地。林德元喘着粗气,拍拍手:"我的上帝,让公路见鬼去吧。"他决定徒步走回去。

一杯没有思想的水

天黑尽了,山坡距药柏镇大约还有五公里。林德元提上小药箱,拿上拐杖深一脚浅一脚抄近路走进一片林地。林地树木高大笔直,巨大的树冠被白雪覆盖,像圣诞老人的胡须。穿过这片林地,就可以看到药柏镇。林德元心想不用一个小时,就可以回到温暖如春的家了。

他想加快脚步,无奈积雪太厚,每迈一步都困难重重。雪越下越大,林德元身上不断堆积雪花。他爬上一个雪包,感到气喘不匀,便靠在一棵高大的树干下歇息。

夜越来越深了,在喘息声中,他躺在树干下睡着了。

这是哪里?为什么是白茫茫一片?林德元分不清哪是东哪是西。

我快要死了吗?我真的老得不中用了吗?不,我林德元从来不认输。我不仅是一名医德高尚的医生,更是一个身体硬朗的人,绝不能让小镇的居民看不起我。

对了,我明天还有预约需要出诊,要给刘老太做一次心电检查,还要给曹阿强送一些药水去。最让我担心的是西村的黄老四,他成天咳嗽不止,不是伤风感冒,一定是肺炎引起,明天还要做一次确诊。

林德元在睡梦中幻想,脸上堆满笑意。

半夜风紧,他被风雪吹醒了。他四下一看,茫茫雪原,不仅吃了一惊,我怎么会在这里?不行,我得回家去。

他动动手脚,有好一阵不听使唤,他立起僵硬的身子,想迈却迈不动步。突然他看见树林中有一盏温暖灯光照亮雪地,林间出现一间简易木板房。

是谁在这里搭了一间木板房?以前我怎么没有发现?

有光就有人。他颤巍巍走过去,除了雪亮的灯,房里房外并没有人。是谁在这里点了这盏灯呢?他百思不得其解。

他关上木门,周身感到温暖多了。他看见房间的地上升了一堆

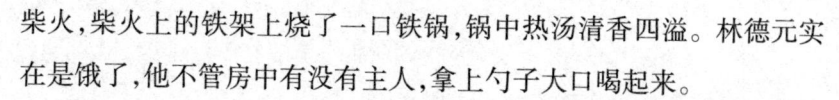

柴火,柴火上的铁架上烧了一口铁锅,锅中热汤清香四溢。林德元实在是饿了,他不管房中有没有主人,拿上勺子大口喝起来。

他想好了,等主人回来,首先跟他道歉,然后再赔偿他一大笔钱。

然而天亮后,主人没有回来。林德元等不及了,他决定先出诊,回来再给主人解释。

天空放晴了,雪也住了,林德元一步一步赶回镇去。在镇口,他看见一个熟悉的身影,正是助手小柯。

小柯接住他问:"恩师,你昨晚去了哪里?你让学生好找。"

林德元哈哈一笑说:"总之不好说,不能说,不可说,哈哈哈……不过,我可以告诉你一个小秘密,昨晚我碰到圣诞老人了。"

"真的吗?收到礼物了?"

"是呀,一间小木屋,我都有些舍不得离开了。"

"昨天是平安夜,今天是圣诞节,恩师,这真是一个快乐的日子!"

林德元一惊:平安夜、圣诞节,难道我真碰到了圣诞老人?可我并没看见圣诞老人的雄鹿雪橇从天空划过啊,还有那清脆铃音也并不曾响起。难道是做了一个梦?既真实又虚无。

小柯看出他的心思:"圣诞老人来了,又走了。昨晚与小镇居民联欢,可惜恩师你没赶上。"

林德元看了一眼天空说:"我很知足了,心满则乐。"

小柯背上医箱,随林德元出诊,师徒二人渐行渐远。小柯包扎着手,阳光下那双拆卸木屋的手布满了伤口。